Miguel Torga
Contos da Montanha

Leya, SA
Rua Cidade de Córdova, n.º 2
2610-038 Alfragide • Portugal

Reservados todos os direitos
de acordo com a legislação em vigor.

© 1999, Herdeiros de Miguel Torga e Publicações Dom Quixote
© 2010, Herdeiros de Miguel Torga e Leya, SA

Edição: Cecília Andrade

Capa: Rui Belo/Silva!designers

Revisão: Clara Joana Vitorino
5.ª edição BIS: Janeiro de 2015
Paginação: Guidesign
Depósito legal n.º 385 588/14
Impressão e acabamento: CPI, Barcelona

ISBN: 978-989-660-030-3

http://bisleya.blogs.sapo.pt

Índice

À Andrée

Prefácio à quarta edição

Depois de muitos anos de desterro, regressam novamente ao torrão natal os heróis deste atribulado livro. Numa época em que tantos portugueses de carne e osso emigraram por fome de pão, exilaram-se eles, lusitanos de papel e tinta, por falta de liberdade. Enfarpelados num duro surrobeco de embarcadiços, lá se foram afoitamente em demanda do Brasil, o seio sempre acolhedor das nossas aflições. E ali viveram, generosamente acarinhados, assistidos de longe pela ternura correctiva do autor. Voltam agora ao berço, roídos de saudades. E não é sem apreensão que os vejo pisar, já menos toscos de aparência, o amado chão da origem. É que muita água correu sob a ponte desde que se ausentaram. Quatro décadas de opressão desfiguraram completamente a paisagem do país. A humana e a outra. Velhos desamparados, adultos desiludidos, jovens revoltados – num palco de desolação. Almas amarfanhadas e terras em pousio. Que alento poderá receber dum ambiente assim uma esperança de torna-viagem? Mas a pátria é um íman, mesmo quando a universalidade do homem, como neste preciso momento, sai finalmente dos tacanhos limites do planeta. Poucos resistem à sua atracção ao verem-se longe dela, seja qual for a órbita em que se movam. Até os seus filhos de ficção. Por mais fortuna

9

que tenham pelo mundo a cabo, é com o ninho onde nasceram que sonham noite e dia. É que só nele se exprimem correctamente, estão certos nos gestos, são realmente quem são. De maneira que não me atrevi a contrariar a vinda das minhas humildes criaturas, como a prudência talvez aconselhasse. Pelo contrário: favoreci-a. Pode ser que o exemplo seja seguido, e o êxodo, que empobreceu a nação, comece a fazer-se em sentido inverso, e as nossas misérias e tristezas mudem de fisionomia. Portugal necessita urgentemente de ser repovoado.

S. Martinho de Anta, Natal de 1968
Miguel Torga

A Maria Lionça

Galafura, vista da terra chã, parece o talefe do mundo. Um talefe encardido pelo tempo, mas de sólido granito. Com o céu a servir-lhe de telhado e debruçada sobre o Varosa, que corre ao fundo, no abismo, quem quiser tomar-lhe o bafo tem de subir por um carreiro torto, a pique, cavado na fraga, polido anos a fio pelos socos do Preguiças, o moleiro, e pelas ferraduras do macho que leva pela arreata. Duas horas de penitência.

Lá, é uma rua comprida, de casas com craveiros à janela, duas quelhas menos alegres, o largo, o cruzeiro, a igreja e uma fonte a jorrar água muito fria. Montanha. O berço digno da Maria Lionça.

Fala-se nela e paira logo no ar um respeito silencioso, uma emoção contida, como quando se ouve tocar a Senhor fora. E nem ler sabia! Bens – os seus dons naturais. Mais nada. Nasceu pobre, viveu pobre, morreu pobre, e os que, por parentesco ou mais chegada convivência, lhe herdaram o pouco bragal, bem sabiam que a grandeza da herança estava apenas no íntimo sentido desses panos. Na recatada alvura que traziam da arca e na regularidade dos rios do linho de que eram feitos, vinha a riqueza duma existência que ia ser a legenda de Galafura.

Quando Deus a levou, num Março que se esforçava por dar remate prazenteiro a três meses de invernia sem paralelo na lembrança dos velhos, Galafura não quis acreditar. Embora a visse estendida no caixão, lívida e serena, aspergia sobre o cadáver a água benta do costume, sem que o seu rude entendimento concebesse o fim daquela vida. O próprio Prior, tão acostumado à transitória duração terrena, ao ser chamado à pressa para lhe dar a extrema-unção, ungiu-a como se ela fosse mãe dele. Tremia. Até o latim lhe saía da boca aos tropeções, parecendo que punha mais fé no arquejar do peito da moribunda do que na epístola de S. Tiago. Apenas o Dr. Gil, o médico, a tomar-lhe o pulso e a senti-lo a fugir, não teve qualquer estremecimento. Receitou secamente óleo canforado e saiu. Mas o Dr. Gil pertencia a outros mundos. Médico municipal em Carrazedo, vinha a quem o chamava, dando a santos e a ladrões a mesma tintura de jalapa e a mesma digitalina. Por isso, a insensibilidade que mostrou não teve significação para ninguém. A rotina do ofício empedernira-lhe os sentimentos. O ele declarar calmamente, já no estribo do cavalo, que não havia nada a fazer, foi como se um vedor afirmasse que a fonte da Corredoura ia secar. Sabia-se de sobejo que a fonte da Corredoura era eterna, por ser um olho marinho. E assim que a moribunda exalou o último suspiro, e do quarto a Joana Ró deu a notícia, lavada em lágrimas, cá de fora respondeu-lhe um soluço prolongado, que, em vez de embaciar nos espíritos a imagem da Maria Lionça, a clarificava. E o enterro, no outro dia pela manhã, talvez por causa do ar tépido da Primavera que começava e da singeleza das flores campestres que bordavam as relheiras do caminho, pareceu a todos uma romagem voluntária e simples ao cemitério, onde deixavam como uma Salve-rainha pela alma dos defuntos o corpo da Maria Lionça. Não. Não podia morrer no coração de ninguém uma realidade que em setenta anos fora o sol de Galafura.

Em pequenina, logo o seu riso escarolado encheu a aldeia de lés a lés. Velhos e novos acostumaram-se desde o primeiro instante àquele rosto miúdo e rosado, onde brilhavam dois olhos negros e perscrutadores. Depois, durante a meninice e a mocidade, foi ela ainda o ai-jesus da terra. Qualquer coisa de singular a preservava do monco das constipações, dos remendos mal pregados, das nódoas de mosto nas trasfegas. Airosa e desenxovalhada, dava o mesmo gosto vê-la a guardar cabras, a comungar ou a segar erva nos lameiros. E quando, já mulher, se falava pelas cavas nas moças casadoiras do lugar, nenhum rapaz lhe pronunciava o nome sem uma secreta emoção. Além de ser a cachopa mais bonita, dada e alegre da terra, era também a mais assente e respeitada. Quer nas mondas, quer nas esfolhadas, o seu riso significava tudo menos licença. E ninguém lhe punha um dedo. Olhavam-na numa espécie de enlevo, como a um fruto dum ramo cimeiro que a natureza quisesse amadurecer plenamente, sem pedrado, num sítio alto onde só um desejo arrojado e limpo o fosse colher. Embora igual às outras, pela pobreza e pela condição, havia à sua volta um halo de pureza que simbolizava a própria pureza de Galafura. Na pessoa da Maria Lionça convergiam todas as virtudes da povoação. Quem é que merecia a dádiva de uma riqueza assim?

Foi preciso que o Lourenço Ruivo acabasse a militança e voltasse a Galafura com a mão mais apurada para apertar a dela sob a estola. O padre Jaime, o prior de então, abençoou-os como se fossem filhos. E Galafura, depois do arroz-doce, pôs-se confiada à espera da felicidade futura do casal. Esquecidos das manhas e artimanhas da vida, todos sonhavam para os dois a ventura que não tinham tido. Só o destino, fiel às misérias do mundo, sabia que fora reservado à Maria Lionça um papel mais significativo: ser ali a expressão humana dum sofrimento levado aos confins do possível. Torná-la imune à desgraça seria desenraizá-la do torrão nativo.

O polimento do Ruivo, em que a aldeia pusera tantas esperanças, delira-lhe apenas os calos gerados pelo rabo do enxadão. Não fizera dele o companheiro que a rapariga merecia. Engravatado aos domingos e de costas direitas o resto da semana, ao fim dos nove meses sacramentais, quando o Pedro nasceu, gordo, caladão, rosado, em vez de tirar daquela presença ânimo para se atirar às leiras, acovardou-se de uma boca a mais na casa, empenhou-se e partiu para o Brasil.

A Maria Lionça, essa, ficou. Como todas as mulheres da montanha, que no meio do gosto do amor enviuvam com os homens vivos do outro lado do mar, também ela teria de sofrer a mesma separação expiatória, a pagar os juros da passagem anos a fio, numa esperança continuamente renovada e desiludida na loja da Purificação, que distribuía o correio com a inconsciente arbitrariedade dum jogador a repartir as cartas dum baralho.

– O teu homem tem-te escrito, Maria? – perguntava o prior de Páscoa a Páscoa.

– Ele não, senhor. Há quinze anos...

Não acrescentava a mínima queixa à resposta. Fiel ao amor jurado, deixava que todos os encantos lhe mirrassem no corpo, numa resignação digna e discreta. Com o filho sempre agarrado às saias, como um permanente sinal de que já pagara à vida o seu tributo de mulher, mourejava de sol a sol para manter as courelas fofas e gordas. Depositária do pobre património do casal, queria conservá-lo intacto e granjeado. Se o outro parceiro desertara, mais uma razão para se manter firme e corajosa ao leme do pequeno barco.

– Nada, Maria? – O prior já nem se atrevia a alargar a pergunta.

– Nada.

Respondia sem revolta ou renúncia na voz. Objectivava a situação, lealmente. O que sentia por dentro, era o segredo da sua serenidade.

Até que um dia o Ruivo deu finalmente notícias. Regressava. E Galafura, solidária com a grandeza humana da Maria Lionça, dispôs-se a esquecer todas as ofensas e a receber festivamente a ovelha desgarrada.

Quem representava esse perdão colectivo e essa saúde da alma da terra era o Pedro, o filho, que ao lado da mãe, na estação de Gouvinhas, deixava a imaginação correr desenfreada pela linha fora até se perder nos últimos degraus da escada fugidia feita de aço e sulipas.

Infelizmente, o comboio que surgiu ao longe, avançou e passou junto dele a travar o passo, trazia dentro uma desilusão. O pai pareceu-lhe uma sombra esbatida da imagem recortada que sonhara.

– Seu moço está mesmo um homem!

A voz rouca e dolente foi apenas a confirmação duma ruína que se lhe estampava no rosto esquelético, cor de palha. O Ruivo que ficara em Galafura, na caução dum retrato em corpo inteiro, era a saúde personificada. E o Ruivo que, escanchado sobre a cavalgadura que o conduzia, respirava à sobreposse, só abstractamente se identificava com o original. Talvez para justificar essa desfiguração, culpado diante da mulher, do filho e dos montes eternamente arejados e limpos da Mantelinha, o renegado confessou tudo. Vinha doente e desenganado. Males ruins… Já lhe custava engolir. E aquela abafação a apertar, a apertar… Mas nada de aflições. Voltava só para morrer.

No hospital da Vila os doutores ainda lhe fizeram um furo no pescoço para o aliviar do garrote. Mais uns contos de réis, mas paciência. Galafura, na pessoa da Maria Lionça, se não podia apertar nos braços generosos um corpo comido dos vícios do mundo, queria que ele respirasse ao menos livremente o seu ar puro.

Um mês depois estava estendido sobre a cama onde noivara, imóvel, muito amarelo, muito seco, já com a alma a dar contas a Deus. E no dia seguinte, pela manhã, a boca do cemitério de Galafura tragava-lhe os ossos descarnados.

Do rescaldo dessa mortalha singular, saiu mais viva ainda a figura de Maria Lionça. Nem o chorou fora dos limites do seu amor atraiçoado, nem se carregou dum luto para além da melancólica negrura que lhe apertava o coração. Manteve-se na justa expressão do sentir de Galafura, enojada e apiedada ao mesmo tempo. Digna e discreta, enterrou-o e começou a pagar os juros da operação. A trovoada não perturbou nem ao de leve o ritmo dos seus passos.

O filho, o Pedro, é que não resistiu ao desencanto. Envergonhado dum pai que lhe passara apenas pelos olhos como um fantasma de podridão, e sem poder abarcar a grandeza daquela mãe que fazia do absurdo o pão da boca, abalou para Lisboa, sem Galafura saber a quê. E nova via-sacra começou na loja do correio.

— Não tens nada, Maria.

Velha, branca, igual, a Lionça voltava pelo mesmo caminho e sentava-se ao lume a fiar, pondo na regularidade do fio a estremada regularidade da sua vida. E Galafura, tanto ao passar para os lameiros como na volta, saudava respeitosamente nela uma permanência que resgatava a traição do marido e a fraqueza do filho. Como à mimosa familiar do adro, ou à fonte incansável do largo, assim a viam, segura e repousante no seu posto, e capaz de todos os heroísmos dum ser humano. O tempo dera-lhes a chave daquela existência, destinada, afinal, mais às provações do sofrimento do que ao gosto das alegrias. Só ela os podia esclarecer e ajudar no desespero de certas horas e situações.

Movediço como a insensatez da sua idade, o filho fizera-se marinheiro. E Galafura, humosa, enraizada no dorso da serra de São Gunhedo, olhava esse rebento, mergulhado em água, como um proscrito. Antes o degredo do pai no Brasil, ao menos aproado a um chão que fazia parte da cosmogonia de Galafura. Diluída na imensidão do mar, a imagem do rapaz perdera toda a nitidez. E sumir-se-ia irremediavelmente na consciência da povoação, sem a ajuda da Maria Lionça. Quando inesperadamente chegou um telegrama da capitania de Leixões e ela partiu, é que viram todos como fora capaz, sozinha, de manter indelével a realidade do ausente. Se se metia a caminho, se enfrentava de rosto calmo a primeira viagem distante e o pavor da cidade, lá tinha as suas razões, que eram necessariamente razões de Galafura.

Tal e qual. No dia seguinte a aldeia viu com espanto e comoção que trouxera nos braços de sessenta anos o filho morto. Deram-lho no hospital, a exalar o último suspiro. Meteu-se então no comboio com ele ao colo, já a arrefecer, embrulhado numa manta, a pedir licença a todos, que levava ali uma pessoa muito doente. Arredavam-se logo. E assim conseguiu sentá-lo e sentar-se a seu lado.

Galafura quase que não compreendia como pudera com ele, embora fosse meão e magro. O que é certo é que pudera, e sem lágrimas nos olhos lhe falava ternamente mal o revisor aparecia no compartimento.

–Dói-te, filho? Dói-te muito? Pois dói... Dói...

Encostava-o ao ombro, enrolava-lhe a manta nas pernas hirtas e mostrava os bilhetes.

Em Gouvinhas apeou-se. À porta da estação, o guarda arregalou muito os olhos, mas deixou passar. E daí a pouco, no macho do Preguiças, o Pedro subia a serra para dormir o derradeiro sono em Galafura, que era ao mesmo tempo a terra onde nascera e o regaço eterno de sua mãe.

Um Roubo

Foi numa noite medonha, cheia de água e gelada, que o Faustino assaltou a Senhora da Saúde. Há tempos já que a ideia desse roubo o obcecava, mas a mulher e o demónio duma hesitação imbecil tinham-no afastado disso. Ainda bem que o destino acabara por dispor as coisas de maneira a que ele pudesse finalmente realizar o sonho. Punha-se a deitar contas à vida, às casas da povoação onde lhe fosse possível arranjar meia dúzia de vinténs para matar a fome naquela grande invernia, e nada, a não ser a Senhora da Saúde. Mas é que nada! Abaças era uma terra pobre. Dinheiro, do contado, só o Albertino. Infelizmente, ao Albertino, tudo menos mexer-lhe num gravelho. Forte e valente como um toiro, ainda por cima dormia de caçadeira encostada ao travesseiro. É claro que havia o recurso de alargar os olhos pelas aldeias vizinhas. Somente: além de o temporal tolher os passos ao mais honrado, como o ano ia de fome, todos viviam de olho aberto e de porta trancada. De resto, não se sentia já com forças para repetir a façanha de Freixo-edo. Cinco costelas partidas são muitas costelas. Sem contar – e aqui é que a porca torcia o rabo – com o aviso solene do juiz: – Dou-lhe apenas quatro meses, aten-dendo a que já foi bem convidado e que é esta a primeira vez que aqui me aparece. Mas não volte! De contrário, perca o amor à liberdade.

Ora, uma coisa é passar uns dias na cadeia de Alijó e outra ver-se um homem metido numa penitenciária a vida inteira.

Apertada por tal arrocho, a imaginação do Faustino sucumbia. Até que, ressuscitada por aquele buraco no estômago que nenhum aguaceiro enchia, começou de novo a namorar a Senhora da Saúde, rica e desamparada na serra. Nem juiz, nem testemunhas, nem o delegado a berrar... Nada. Decididamente, o grande tiro era ali!

Naquela noite, depois dum caldo que nem a cães, e de todas as demais hipóteses arredadas, a miragem voltou, mas já sem a indecisão das tentações anteriores. Não havia que ver. O sítio não podia ser melhor; à porta, bastava-lhe um empurrão; o resto, quê? Acender uma vela das do altar, forçar a fechadura da caixa das esmolas, encher o bolso, e ala morena.

A mulher, sem migalha de pão na arca e sem pinga de azeite na almotolia, sabia bem que o remédio habitual daquelas penúrias era ir buscá-lo onde o houvesse. Mas quando o homem, a meia-voz, começou a repisar a ideia, desaprovou mais uma vez o projecto sacrílego. A outro lado qualquer, estava de acordo. À Senhora da Saúde, não.

O Faustino nem a ouviu, ocupado como estava no labor de semear a boa semente na terra podre dos últimos escrúpulos. Debruçado sobre as pernas, com os dedos dos pés a espreitar das meias rotas, continuou a aquecer-se aos tições apagados, a chupar a pirisca do cigarro e a enumerar uma por uma as mil vantagens do negócio.

Coisa realmente fácil, sem nenhum perigo, e que trazia a solução do aperto em que estavam. Por ser capela?! Valha-nos Deus! O essencial é que na caixa houvesse algum... Ao menos cem mil reisinhos! Hã?! Pois não teria sequer cem mil réis?!

Interpelava a companheira, que não colaborava já de nenhum modo naquela luta. Embrulhada no xaile puído, aninhara-se quase em cima do borralho e fechara os olhos. O Faustino teve de responder às suas próprias perguntas.

Cem mil réis, e a contar muito por baixo. Até era ofender a Santa, supô-la com menos capital na arca.

À medida que ia pondo na balança as justificações do seu desejo, o Faustino via oscilar o fiel da decisão e pender para o lado que lhe convinha o prato reluzente da fortuna. Não havia que ver. As coisas eram o que eram. A evidência metia-se pelos olhos dentro.

Por volta da meia-noite as derradeiras amarras da consciência acabaram de ceder. Raios partissem as horas que gastara a pensar na morte da bezerra! Há certas alturas em que a gente, em vez de miolos, parece que tem aranhas no toutiço!

Ergueu-se. Do Faustino titubeante, quase a deixar fugir a sorte que tão generosamente lhe sorria, já não restavam sinais. Agora estava de pé um homem magro, baixo, de barba restolhuda e olhos de azougue, vivo, flexível, decidido como uma doninha.

A mulher nem dormia nem velava. Continuava engrunhada no seu canto, distante, como se o frio a tivesse entorpecido ou uma grande dor silenciosa e funda a roesse por dentro.

Ele também lhe não falou. Ladrão agora duplamente culpado diante da desaprovação dela, foi à loja buscar os precisos e desapareceu na escuridão do quinteiro, sombra muda a esgueirar-se na sombra.

O temporal bramia pela aldeia fora. Ouvia-se a nortada a pregar nos braços dos castanheiros e as bátegas a cair nas estrumeiras encharcadas. Um taró de repassar fragas.

Faustino, vencidos cautelosamente os cem metros da quelha em que morava, meteu-se à serra. Apesar de o vento galego o empurrar para trás, para o frio enxuto da casa, caminhava depressa. Uma vez que encontrara forças para tomar a única resolução acertada, era preciso não demorar.

Infelizmente, a Senhora da Saúde não ficava logo ali. Quase no termo de Valongueiras, distava de Abaças uma boa meia hora. Ainda por cima, caminhos maus. Ou lajes com relheiras que lembravam rugas em coiro de atanado, ou então saibro ensopado e atoladiço. Trilhos excomungados! Mas desembelinhava as canelas o melhor que podia, e meia hora, que afinal queria dizer meia légua, passa depressa. É questão de um homem ir deitando contas à vida enquanto as pernas passeiam.

Cem mil réis, na pior das hipóteses, estavam-lhe no papo. Só muito azar. Mas não. A Senhora da Saúde governava-se... Nem havia outra tão agenciadeira nas redondezas...

Na carvalhada da Arcã os pensamentos mudaram-lhe de rumo. A tosca memória erguida pela morte do Joaquim Teodoro, assassinado naquele sítio, chamou-o a uma realidade mais dura. O Joaquim Teodoro, ao cabo, era ladrão também. Não de caminhos nem de igrejas, é certo, mas de roleta, que dá mais e sem nenhum trabalho. Basta lume no olho e dedo. Justamente o forte do Joaquim Teodoro... Que habilidade! Isso então na vermelhinha não havia segundo! O mais pintado entregava-lhe ali o seu e o de quem calhasse. Artes do diabo! Mas o Videira, quando no dia da festa lhe passou para as mãos o último tostão, jurou-lhe que no ano que vinha não vigarizava ele mais ninguém. Dito e feito. E ali estava agora a alma do Joaquim Teodoro pintada a branco no granito, entre línguas de fogo, de mãos erguidas a pedir um padre-nosso!

E se ele, Faustino, tirasse o chapéu e atendesse a imploração?

Um padre-nosso antes de roubar a Senhora da Saúde, tinha a sua graça!

Apesar de travado por estes pensamentos desconsolados, caminhava depressa. E, à medida que a carvalhada foi ficando para trás, a imagem do Joaquim Teodoro começou a desvanecer-se. Insensivelmente, todo ele ia aderindo à realidade erma e negra que o cercava. Também onde o raio da Santa viera fazer o pouso! Era mesmo desafiar um homem. O pior é se... Mas não. A sorte dele havia de ser tão caipora, que encontrasse a caixa sem um vintém?

A esta íntima interrogação, os olhos responderam-lhe bruscamente que chegara. A dois palmos do nariz viam-se as paredes da ermida a reluzir.

Embora gatuno de profissão, pois que não se podia chamar cesteiro a quem só lá de tempos a tempos fazia um cesto por desfastio, Faustino, mal deu de chofre com a capela, teve um baque no coração. E parou. Nunca assaltara nenhum lugar sagrado. Sempre era roubar a Senhora da Saúde!

Mas a hesitação durou um minuto apenas. Molhado da cabeça aos pés, o próprio organismo é que o impeliu para a frente, para dentro de uma casa com telhado. Não havia tempo a perder de maneira nenhuma. Nem o corpo, nem o espírito lhe podiam consentir uma fraqueza em semelhante ocasião. Para diante é que era o caminho!

Num ímpeto, chegou-se à porta e meteu-lhe o ombro. Pois claro, como tinha previsto... Escancaradinha! Com a respiração suspensa e todo num formigueiro, entrou de rompante no poço de escuridão.

Dentro, o primeiro impulso do seu instinto foi fechar a porta de novo. Mas a razão, chamada a contas, discordou. Homem, pelo sim, pelo não, deixar o trânsito desimpedido!

Riscou um fósforo, de cabelos em pé. Até se desconhecia! Ninguém as calça que as não borre, bem se diz lá!...

Na luz incerta que se fez, pôs-se a olhar febrilmente para todos os lados e a ouvir ao mesmo tempo, de orelha fita, o silêncio pesado da capela. Felizmente, nada. Imóveis e espantados, os santos pareciam surpreendidos, mas não faziam um gesto para defender a moradia. Realmente, todos de pau! Que sossego! Chegava a parecer mentira que uma casa de Deus tivesse de noite um ar tão desgraçado. Nos palheiros, ao menos, havia ratos!

Deu alguns passos. Como o fósforo estava no fim e já lhe aquecia os dedos, riscou outro. Menos inseguro, subiu as escadas do altar de S. José, logo à entrada. E, quase serenamente, acendeu a vela dum castiçal.

A igreja clareou quanto a luz pôde. E, mais iluminada, tornou-se ainda mais simples, mais natural. As imagens já nem sequer o ar atónito de há pouco conservavam; e o resto, francamente, sem nenhum ar divino. Toalhas, bancos, jarras... O trivial. Tanta mortificação inútil!

Voltou-se. A caixa das esmolas estava ao fundo, enterrada na parede que ligava o templo ao cabido. Era do lado de fora, pela fresta cavada na cantaria, que os devotos deixavam cair a boa massinha. Pinga que pinga... Uma mina!

Com passos de lã, chegou-se. Caramba, seria que não estivesse a abarrotar?! Pôs a luz no chão e meteu mãos à obra. Se calhar tinha que escaqueirar a tampa à martelada... Mas não é que a fechadura parecia de papelão e cedia ao cinzel sem resistência nenhuma?! Tudo às mil maravilhas... Um mês de tripa-forra ninguém lho tirava.

Desgraçadamente, a caixa estava limpa. Ou fora roubada, ou a esvaziara o padre Bento na véspera ou então já não havia fé neste amaldiçoado mundo. Ah! mas ele, Faustino, não se deixava enganar assim. Não. Tivesse a Senhora da Saúde paciência. Lá pouco dele, isso vírgula! Vinha com boas intenções. Obrigavam-no, pronto: ia o que houvesse e passava tudo a patacos. Pegou de repelão no castiçal e avançou indignado para o altar-mor. Não acreditava que no sacrário a miséria fosse também assim.

Era. Os dois SS entrelaçados na portinhola queriam dizer apenas um buraco escuro, vazio, onde os seus dedos resolutos tactearam em vão.

Ladrões! Filhos duma grande... Nem ao menos o cálix! O que vale é que havia ainda a sacristia para revistar. E que não estivessem lá os apetrechos devidos! Ia a casa do abade, que lhe havia de pôr ali o que pertencia à santa... O cálix, a cruz, o turíbulo, tudo. E a bagalhoça, claro. Pouca vergonha!

Investiu pela sacristia dentro. Queria ver quem levava a melhor.

Mas qual o quê! Estava mesmo roubado. Flores desbotadas de papel, tocos de círios, um crucifixo partido... Que cambada!

Desanimado, pegou na luz. Larápios!

À medida que o desespero tomava conta dele, perdia o resto duma precaução que a prudência lhe aconselhara. Falava alto, rogava pragas, caminhava pela capela abaixo com a indignada razão de quem andava pela sua própria casa a verificar os danos dum assalto de bandidos! Canalhas!

Até que chegou ao fim da nave. Olhou ainda os altares num relance. Os santos lá continuavam parados como há bocado e a olhá-lo agora a modos de caçoada. Sim senhor, uma linda figura de pedaço-de-asno que fizera diante deles!

Pôs o castiçal no chão, soprou a vela, puxou a porta e saiu.

O temporal redobrara de fúria. A atravessar o adro, com a desilusão a percorrer-lhe as veias, é que via bem como a escuridão era cerrada e como a chuva lhe trespassava o corpo. Porca de vida! Um homem a fazer por ela, a aguentar no lombo uma noitada daquelas, para ao cabo dar com o nariz no sedeiro!

Na carvalhada da Arcã já os ombros, de entanguidos, se lhe queriam meter pelo pescoço dentro. Filhadinho! A roupa ia-lhe tão colada ao corpo que parecia que era a pele. Cadela de sorte!

Na curva, lá estava outra vez a alma do Joaquim Teodoro a pedir o padre-nosso. Pata que lambesse o Joaquim Teodoro! Padre-nossos, padre-nossos, ia-se a ver e a caixa da Senhora da Saúde sem um vintém! Ah! mas o abade punha-lhe ali a massa e o resto com língua de palmo. Oh, se punha!

Às quatro da madrugada entrou em casa. Como um pitinho! A mulher lá estava ainda no mesmo sítio, calada, triste, longe da vida.

Não lhe falou. A escorrer água, gelado, foi direito à cama, despiu-se e meteu-se entre as mantas a bater os dentes.

Pela manhã ardia em febre. E daí a seis dias, depois de um cáustico lhe abrir no peito uma bica de matéria e de o barbeiro de Parada o ter desenganado, foi preciso chamar o confessor, a ver se ao menos se lhe podia salvar a alma.

Veio então o padre Bento, manso, vermelho, tranquilizador. Mas o Faustino delirava. E mal o santo homem, de sobrepeliz, lhe entrou pelo quarto dentro, arregalou os olhos, inteiriçou-se no catre, apontou-o à mulher e aos circunstantes, e com a voz toldada da broncopneumonia, rouquejou:

– Ladrão! Prendam-no, que é ladrão!

Amor

Nasceu aquela flor em Covelinhas, dum castanheiro velho, o Lourenço Abel, e duma urze mirrada, a Joana Benta. Nasceu e cresceu tão linda, tão airosa, que o povo em peso punha os olhos nela. Só tinha um defeito...

– Verduras da mocidade! – pretextava a Cláudia, quando o homem, ao lume, censurava os namoros da rapariga.

– Ultrapassa as marcas! Dá trela a quantos há na freguesia...

– Ainda hão-de ser mais as vozes do que as nozes.

– É, é! No dia das inspecções lá se viu...

A Cláudia calou-se. Na comprida crónica da montanha não havia página mais negra do que essa a que o homem fazia alusão. Acabadinhos de sair das garras da Junta, onde nus em pêlo pareciam cordeiros tosquiados, três de Paços, dois de Fermentões, um de Vilela e outro de S. Martinho armaram tamanha guerra na Sainça, que só faltou tocar os sinos a rebate. O de Vilela, aqui-del--rei que a rapariga era dele; o de S. Martinho que o varava logo ali se continuasse com as gabarolices; o mais possante dos de Paços que não consentia trigo do seu forno na boca de cães... Um inferno. Segue-se que daí a nada ia tal polvorosa pelos montes, que Deus nos acudisse. Não morreu ninguém, felizmente, mas chegou para afligir.

A Lídia é que não queria saber de desgraças. Muito bem feita, muito corada, com aqueles dois olhos de veludo que ameigavam tojos, depois de cada sarrafusca a que dava azo, passava pela rua acima em direcção às hortas como se nada fosse. E o povo inteiro rendia-se-lhe aos pés, num sorriso de perdão, de complacência e de carinho.

– Tu a quantos atendes? – perguntava-lhe em confidência a Mariana, já com cinquenta e dois e ainda de olhinho a reluzir.

– A nenhum. Ninguém me quer, Tia Mariana!

E dava uma gargalhada das dela, muito clara, muito pura, pondo à mostra uns dentes que cegavam a gente.

– Raios te partam, rapariga! Trazes um regimento à corda, e a dizer que ninguém te quer!

– À consciência!...

E toda ela se dava e se recusava num requebro enigmático, com os seios a enfunarem-lhe a blusa de chita.

– Olha, fazes tu muito bem! Enquanto dura, é doçura...

E a doçura era naquele Inverno gelado, noites a fio, o Pedro Verdeal comido de ciúmes a guardar o Lúcio, e o Lúcio, comido de ciúmes, a guardar o Verdeal.

– Que cegueira! Perdidinhos de todo! Um sincelo de meter medo e nenhum arreda pé! Ao menos tem pena deles, cachopa. Manda pôr uma braseira debaixo do negrilho e outra no cruzeiro...

– Eles não têm frio. Quanto mais, deixe falar, Tia Cláudia! Se andam de noite, lá andam à sua vida. Cá comigo não há nada. Querem coisa mais alta.

E continuava a receber cartas do Lúcio, do Verdeal, do Vitorino, e até recados do Teodoro, um homem já viúvo! A Violante do correio entregava-lhe essas letras de amor às escondidas de toda a gente, mas ia dizendo:

– Eu não sei como tu podes com tal cainçada atrás de ti!...

A Lídia, porém, era aquele coração aberto a quantos lhe batiam à porta. Como uma terra de semeadura em pousio, dizia a todas as sementes que deixassem apenas chegar a Primavera... Não havia maldade nem cálculo nas promessas que fazia. Diante de cada solicitação masculina, sentia-se como que chamada a dar contas da sua íntima natureza de mulher. E todos podiam pedir-lhas com igual autoridade, justamente porque não amara ainda nenhum a valer. Limpo, o seu corpo estava destinado a pertencer a um daqueles pobres obcecados, que andavam à sua volta como lobos à volta de uma ovelha. A um deles teria de se entregar, mais dia, menos dia. Mas a qual?

– Tu é que sabes. Se fosse comigo, escolhia o mais jeitoso e mandava os outros à tábua. Sarilhos desses é que não! – repetia a Violante, apavorada com tanta carta e tanto enredo. – Vê lá!

– Deixe correr, que ainda bota, Ti Violante. Uma carta custa apenas o selo e o papel.

– Parece-te! Pode custar muita lágrima. Não estiques a corda de mais...

Boas palavras, realmente. Pena é que não tivessem eco nos ouvidos da Lídia. Por mais que quisesse, não conseguia decidir-se por nenhum. Os homens eram como os ramos de rebuçados na mesa da doceira: pareciam-lhe todos iguais.

– Não são, não. Repara bem, que verás... – respondia--lhe a Cláudia, cheia de paciência.

Reparava e via o mesmo desejo a arder nos olhos de cada um. As palavras, os gestos, os amuos significavam em todos a mesma coisa. Era a virgindade que lhe pediam, quer o dissessem, quer não. E continuava, conciliante, a prometer-lha e a negar-lha.

29

– Qualquer dia estoira para aí tamanho sarrabulho, que vai ser uma vergonha... – ia insistindo o Leopoldino, agoirento.

– Olha não estoires tu do miolo! – repontava a mulher, a fazer de valente.

– Deu com o pai já comido da terra, e com a lambaças da mãe, que é uma pobre de Cristo. Fosse minha filha e eu te diria. Era com uma soga por aquele lombo...

– A mãe que há-de fazer? Proibi-la de se divertir?

A Cláudia estava farta de saber que o homem tinha carradas de razão. Quantas e quantas vezes falara já com a Joana Benta sobre a filha. Valia de bem! A coitada ouvia, concordava, gemia, e apagava-se rasteira na escuridão da cozinha. À noite é que lá se atrevia a dizer uma palavra à rapariga.

– Tu não terás juízo, mulher! Coisa assim!...

– Não se aflija, que não me dá o lampo. Palavras leva--as o vento...

Mas com palavras tinha ela posto a cabeça do Verdeal e do Lúcio a andar à roda. A mangar, a mangar, jurava a cada um que não queria mais ninguém e que os outros lhe rondavam a casa por palermice. Que não era culpada de quantos homens havia no concelho lhe andarem a cheirar o rasto...

Na véspera do S. Miguel, a Olívia, que era sua amiga do coração, ao vir da missa pôs-lhe os pontos nos ii.

– Tu tem lá mão na manta, que isto não acaba bem. Dá o sim-ou-sopas a um e emponta o resto. Muitos burros à nora não é negócio; escoicinham-se uns aos outros... O Verdeal anda sobre o Lúcio como um cão. Se o agarra a jeito, esfandega-o.

– Mas porquê?!

– Ainda perguntas?

– Oh!

E aconteceu o que tinha de acontecer. Nessa mesma

noite, depois da ceia, o Verdeal, ao voltar a esquina da eira, viu um vulto à porta do quinteiro da moça. Disfarçou-se na sombra e chegou-se perto. Era o Lúcio a falar com ela. Avançou até junto deles. No calor da conversa, nem o viram.

– Então, muito boas noites... – cumprimentou, já de mão na pistola.

– Boas noites – responderam ambos, ela com a mesma cara, e o Lúcio cego de raiva.

– Pode-se saber quando é a boda?

– Pode...

Mediram-se os dois de cima a baixo.

– É capaz de ser no dia de juízo...

– Conforme...

– É que a bocada às vezes parece que está quase na boca e não está...

Alheia, numa volúpia de irresponsabilidade, a Lídia assistia àquela disputa de que era a causa, divertida como uma criança. Quase que nem ouviu o simultâneo deflagrar das armas.

– Canalha!

Seguiram-se mais dois estalidos secos.

– Cabrão!

Os insultos como que eram apenas um comentário desdenhoso à margem dos tiros rápidos e sucessivos.

– Excomungada!

A inesperada maldição entrou na alma da Lídia como um punhal. De quem vinha? Da boca do Lúcio, ou da boca do Verdeal?

Mas já não pôde sabê-lo. Ambos jaziam quase a seus pés, cada um no último arranco. E quando a mãe, espavorida, em saiote, abriu a porta, veio encontrá-la ainda alheada junto dos dois mortos, a tentar compreender a violência daquela queixa.

Homens de Vilarinho

Foi um grande acontecimento em Vilarinho, quando na Senhora da Agonia, à missa, o padre João leu os nomes dos mordomos da próxima festa. É que, à cabeça do rol, vinha o Firmo, e todos esperavam tudo menos isso.

– O Firmo?! – não se conteve, no silêncio da igreja, o António Puga.

– Psiu!… – sibilou, dos lados da pia benta, o sacristão, que andava às esmolas.

E o caso só à saída foi comentado como merecia.

– O Firmo?! Mas então o Firmo, daqui a um ano… – e o Puga nem era capaz de levar o raciocínio ao fim.

– Fica. Desta vez fica… – garantiu a Margarida, que bebia do fino. – O padre João tantas lhe disse…

A assistência ouvia maravilhada. O Firmo de pedra e cal em Vilarinho! O mundo sempre dá muita volta!

A notícia tinha realmente que se lhe dissesse. Há muitos anos já que o Firmo desorientava Vilarinho. Desde que viera de Amarante, da artilharia, e embarcara, nunca mais a seu respeito se soube a quantas se andava. Nem a própria mulher. Quando lhe perguntavam pelo homem, o que fazia, se voltava, se gozava saúde, respondia, já resignada:

– O meu Firmo?! Eu sei lá do meu Firmo!

No Brasil, na América, na Argentina, os que o conheciam estavam na mesma. Sempre a variar de terra, sempre a mudar de emprego, e às duas por três a oferecer os préstimos para Portugal.

– Oh! oh!

– São meia dúzia de dias. Daqui a nada estou cá. É só o tempo de o navio chegar, esperar que eu faça um filho à patroa, e levantar ferro...

Dito e feito. Daí a pouco regressava com a mesma cara. De tal maneira que já todos se riam. Dera em droga, não havia que ver. Só mesmo o padre João, cabeçudo, é que podia ter ainda fé naquele valdevinos, e continuar junto dele o sermão deixado a meio da última vez. O padre era o pároco de Vilarinho. E sempre que o Firmo vinha à terra e acordava da primeira noite dormida com a mulher, lá estava ele à entrada da porta com a sua batina rota e o seu cachaço de cavador.

– Dás licença, Firmo?

– Faça favor de entrar, senhor padre João.

– Então tu não terás mais juízo, homem de Deus?! Tu não verás que tens aqui um rebanho de filhos?!

Firmo baixava a cabeça diante daquela voz amiga e repreensiva. Nem se defendia. Aceitava cada censura como o golpe dum látego purificador. Mas passados dias, quando a Silvana começava a pedir azeitonas às vizinhas, ia dizendo:

– És tu com desejos de azeitonas e eu com desejos de mundo...

– Ah! Firmo, que sorte a minha!

Valia de bem o gemido da infeliz! Quanto mais chorava, mais ele se enfrenisava na partida. Empenhava uma terra, vendia-lhe o cordão se preciso fosse, recorria em último caso ao próprio padre João, mas abalava.

– Grandes terras, Ti Guilhermino!

–Não há dúvida, Firmo... Não há dúvida... Os lucros que tens tirado delas é que são fracos... – respondia melancolicamente o velho, quando o Firmo, a caminho do comboio, enchia a boca com a Califórnia.

–Não tem calhado... Que ele também para que é que o dinheiro presta?!

–Homessa!

–É o que lhe digo. Desde que uma pessoa coma e beba...

–E a mulher e os filhos?

–A mulher e os filhos cá vão vivendo...

E Vilarinho desanimava.

–Coisa assim, como ele se pôs! E ainda se fosse de gente de outra condição, vá lá com mil demónios! Agora quem lhe conheceu o pai, como eu, um homem sério, zelador do que lhe pertencia, amigo da família, sempre agarrado à enxada... Que ele não é mau. Mas fazer-se um traga-mundos daquela maneira! – gemia o abade, quando a Silvana lhe ia pagar a côngrua. – Acredita que tenho uma paixão, que nem fazes ideia!

O padre era a própria seiva de Vilarinho. Tão agarrado à terra que costumava dizer aos colegas:

–Eu, fora cá da minha freguesia, nem latim sei.

Os outros riam-se e davam-lhe palmadinhas intencionais no costado largo.

–Ora, ora, padre João! Esquece-se do latim, mas lembra-se do português. Que o diga quem pode...

Aludiam risonhamente à conversa que tivera na Vila com o novo bispo, quando foi chamado à pedra. O prelado, muito severo, com ar de quem ia salvar o mundo, depois de lhe estender o anel e de lhe indicar uma cadeira, pôs-se para ali a alanzoar. Que o incomodara para tratar com ele dum caso grave de consciência e de disciplina. Que sabia que Sua Reverência vivia amancebado e tinha prole. Que tomara conta da diocese há pouco tempo e que não desejava iniciar a pastoreação com actos de violência. Mas que, por outro lado, não podia consentir desmandos a nenhum membro do reverendíssimo clero. Por conseguinte, ou abandonava Sua Reverência o concubinato ou se via obrigado a aplicar-lhe os castigos disciplinares.

O réu não esteve com meias medidas.

– Olhe, senhor Bispo, cá por cima são estes usos. Padre sim, padre não, faz o mesmo. Tenha a certeza. O que são é mais finos do que eu. Às fêmeas chamam-lhes criadas; e aos filhos, afilhados. Ora eu cá sou pão, pão, queijo, queijo. Não nego. Para quê? A mulher é minha, nunca foi doutro, gosto dela e não a largo; os filhos tenho já cinco, quero criá-los e ver se lhes deixo alguma coisa. De maneira que faça o senhor Bispo o que entender.

A resposta ficou célebre. E os colegas, sempre que vinha a propósito, davam-lhe o beliscão.

Ria-se com o seu riso aberto. E, acabada a missa cantada, o ofício ou lá o que era, trepava para o lombo da mula, cheio de saudades das suas leiras e das almas irmãs que governava.

Destas, só uma lhe fazia cabelos brancos: o Firmo. O diabo saíra ave de arribação. E para quem como ele mergulhava as raízes no chão de Vilarinho, uma realidade assim era um sofrimento.

– Homem, mas tu, afinal, quando te resolves a ser um pai de família e a ter vergonha na cara? – acabou por perguntar ao Firmo, já sem mais paciência.

– Há-de ser um dia. Prometo-lhe que há-de ser um dia!

E quando pela sexta vez o padre o acordou do sono com a mulher, na véspera da Senhora da Agonia, o Firmo sossegou-lhe o coração,

– É desta feita. Na Quaresma conte com mais um pecador para a desobriga. Agora tem-me o resto da vida, caseiro como uma galinha...

Padre João sentiu que um grande peso lhe saía dos ombros. Até que enfim!

– Dás-me a tua palavra?

– Estou-lhe a falar a sério, pode crer! Hei-de fazer tudo para isso. Já iam sendo horas...

A promessa tinha uma solidez de testamento. Contudo, pelo sim, pelo não, no dia seguinte, à missa, o padre resolveu amarrar o valdevinos à argola, pondo-o, com grande espanto de Vilarinho, no princípio da lista dos mordomos da festa do ano que vinha.

– Será que ele desta vez fica mesmo? – insistia o Puga na venda do Trauliteiro.

– Parece que sim. O padre João lá o convenceu...

– Custa-me a acreditar.

– Não tem que ver: está ou não está mudado? Cava ou não cava o dia inteiro, como nós?

– Realmente...

E até os mais renitentes foram cedendo terreno. A própria mulher, que nos primeiros dias andava abismada com aquela resolução, enchia agora os olhos de paz ao vê-lo a tratar do estrume para as próximas sementeiras, e de tempos a tempos a lembrar que era preciso não esquecer de tirar a esmola para a festa, e que a respeito do arraial a coisa havia de ser falada.

O padre, esse, andava de coração em aleluia. A terra de lameiro de que era feito, grossa, funda, quente, só compreendia as pessoas plantadas ali. Por isso, desde que Firmo parecia aclimatado a Vilarinho, até a vida lhe sabia melhor.

– Com que então desta vez sempre ficas por cá?! – foi perguntando o Puga, pela mansa, quando encontrou o Firmo a jeito.

– É como dizes. O bom filho à casa torna...

E Vilarinho assentou de vez que o réprobo, afinal, ganhara juízo, tomara nas mãos macias as rédeas duras da casa e dera ao demo o que é do demo – o mundo.

Nos Reis, para aumentar a receita destinada à romaria, fez-se um peditório. E o Firmo, que tocava violão, puxou ali pelas seis cordas como um valente.

– Ora vê lá tu se não é melhor a vida que agora levas do que andar como um maltês por lá! – dizia-lhe o padre João, como a varrer-lhe do pensamento qualquer resto de maluquice.

– Na verdade...

– Não há que ver: onde encontras tu terras como esta? Bom pão, bom vinho, bons ares, e em nossa casa, ao pé da mulher e dos filhos!

O mundo dera a Firmo luzes para além das fragas nativas. Por isso tinha olhos para ver o padre em plena grandeza. Um castanheiro. Tal e qual um castanheiro, redondo, maciço, frondoso. De tal modo fincado onde nascera, que não havia forças que o fizessem mudar. Só a morte. Ele, Firmo, filho de cavadores, cavador até aos vinte, que se casara, que não tinha estudos – sem nenhum apego à terra, incapaz de se deixar penetrar da verdade dos tojos e das leiras; e aquele homem letrado, que recebera ordens, que prometera dar-se todo a quem proclamara que o seu reino não era deste mundo – ali com mulher e filhos, cheio do amor deles, agarrado às verças como os juncos às nascentes! As razões que apresentava eram sempre as mesmas. Tantas vezes as ouvira que já nem lhes ligava sentido. Mas agora as palavras de ontem, de antes de ontem, de há vinte anos, embora igualmente incapazes de o vencer – pois sabia que não o movera nenhum dos argumentos invocados –, entravam-lhe pelos ouvidos dentro com outra significação. Mandavam-no curvar-se de pura admiração diante de uma vida sem fendas, inteira como um rochedo. Que bicho! Nem o próprio bispo pudera com ele. Metera a viola no saco e deixara correr. O bloco de pedra talvez estivesse errado em sítios onde já não tivesse valor o tamanho do natural. Em Vilarinho, metia respeito.

– É assim. Eu vou à Vila, ando por lá a dar as voltas precisas, e às duas por três tenho fome. Entro na Gaitas e como uma malga de tripas. Pois acredita que nem as tripas me sabem. Há lá nada como a nossa casa!

– São feitios, senhor padre João… – tentou, em todo o caso, o Firmo. – A vida…

– Quais feitios, qual vida!

Firmo calou-se. O amor daquele homem à terra era tão absoluto como o seu próprio amor à vastidão do mundo. Para quê discutir?

– E de festa, que tal vamos? Vê lá isso! Não me deixes ficar mal…

– Está justa a música velha de Constantim, encomendámos o fogo em Cabeda e os saiais são de Sabrosa. Pregador, o senhor padre João dirá…

Nem parecia o mesmo. Como um homem se modificava! Lá diz o ditado: infeliz pássaro que nasce em ruim ninho. Tanto monta correr, como saltar: as asas puxam-no sempre para onde aprendeu a voar. Pusessem os olhos naquele exemplo.

Mas na véspera da Senhora da Agonia, roído não se sabe por que melancólica inquietação, Firmo, que lutara como um herói durante um ano para se aguentar ali, bateu à porta da residência.

– Dá licença, senhor padre João?

– Entra, Firmo. Alguma novidade?

– Nada de importância…

No rosto largo do abade o sangue correu mais tinto e mais alegre.

– Bem. Isso é que eu gosto de ouvir.

Sem palavras para desiludir aquela confiança, peado, o desertor começou a gaguejar:

– Pois é verdade… Afinal…

O padre, então, olhou-o com a sua penetração profissional de confessor:

–Desembucha!

E Firmo escancarou-lhe a alma:

–Não posso mais, senhor padre João. Embarco amanhã e venho dizer-lhe adeus.

O Cavaquinho

O Ronda era o homem mais pobre de Vilela. Mas teve uma tal alegria quando o filho, o Júlio, fez o primeiro exame com óptimo, que prometeu pela sua salvação que lhe havia de dar uma prenda no Natal. O rapaz ouviu-lhe a jura desconfiado. Apesar dos dez anos, já conhecia a vida. Uma prenda, se nem dinheiro havia para a broa! Em todo o caso, pelo sim, pelo não, foi pondo de vez em quando uma acha na lembrança do pai, e em Dezembro, na véspera da feira dos 23, avivou a chama:

– Então sempre vai à Vila?

– Pois vou.

– E traz-me a prenda?

– Trago.

Fez-se silêncio. A ceia tinha sido caldo de couves e castanhas cozidas. Mais nada. A noite estava de invernia. Sobre o telhado caíam bátegas rijas de chuva. E como a casa era de pedra solta e telha vã, cheia de frestas, o vento, que parecia o diabo, de vez em quando entrava por um buraco a assobiar, passava cheio de humidade pela chama da candeia, que se torcia toda, e sumia-se por debaixo da porta como um fantasma. Mas a murra de castanheiro a arder e aquela firmeza com que o Ronda garantiu a promessa, doiravam tudo de fartura e aconchego.

– E o que é que me vai dar?
– Isso agora...
– O que é?!
Foi preciso a mãe arrumar o assunto com as rezas e a cama.
– Infinitas graças vos sejam dadas, meu Deus e meu Senhor...
As palavras saíam-lhe da boca límpidas, quentes, solenes. E o pequeno, que já ouvira aquela lengalenga milhentas vezes, sempre a cair de sono, pôs-se, muito espevitado, a tentar compreender o sentido íntimo de cada invocação.
– Santo André Avelino nos livre de morte repentina...
Pai e filho respondiam à uma:
– Padre nosso, que estais no céu...
– S. Bartolomeu nos livre das tentações do demónio dos maus vizinhos à porta, das más horas...
– Padre nosso...
Contudo, a atenção do garoto não tardou a cansar-se. No terceiro mistério a sua voz cambaleava. E na salve-rainha, abóbada do solene ritual, parecia que levara com uma moca na cabeça. Ia já a tombar no preguiceiro, quando o amém definitivo o fez voltar à vida. Escorou então as pálpebras com toda a força que pôde, e lá conseguiu fitar o pai numa derradeira pergunta:
– Certo, certo, que traz?
A mãe é que lhe não deixou arrancar a última confirmação desejada. Pegou-lhe no braço adormecido, ergueu-o, quase que o arrastou até ao quarto, e daí a nada o Júlio caía num sono fundo, toldado apenas pela incerteza em que adormecera.
De manhã, quando acordou, já o pai tinha partido. A Vila ficava a três léguas e a feira começava cedo. O costume. Foi então prender a cabra, numa preocupa-

ção gostosa, morna, que lhe dava vagares em todas as encruzilhadas, enlevado a olhar as silvas e as pedras.

– Tu parece que andas parvo, rapaz!

A mãe não podia compreender o que significava para ele receber uma prenda – estender a mão e ver nela, não a malga do caldo habitual, mas qualquer coisa de inesperado e gratuito, que fosse a irrealidade da riqueza na realidade duma pobreza conhecida de lés a lés. Por isso se arreliou tanto quando o viu, ao almoço, virar a cara aos carolos, e ao meio-dia comer apenas o rabo de uma sardinha.

Pronto, só lhe faltava agora mais essa desgraça! Que o filho ficasse doente. Um dentinho real a deixar o caldo!

Coitada, via-se bem que gostava dele... O que é... E tão fácil de perceber!

Quando a noite veio caindo dos lados de S. Cibrão, cansado de guardar o caminho velho por onde desde que o mundo é mundo se regressa da Vila, pediu à mãe que o deixasse ir esperar o pai. Só até à Castanheira...

Se não via a névoa a cobrir tudo! Se não ouvira as Trindades! Tivesse juizinho.

Olhou a mãe mais demoradamente. Tão sua amiga, tão boa, e não ser capaz de entender!

Resignou-se. Ficaria ali até o pai apontar ao fundo da Silveirinha. E logo que o descortinasse, ó pernas! Mas que seria a prenda? Que seria?

O nevoeiro, que quando a mãe falou cobria apenas o monte de S. Romão, descera agora espesso e molhado sobre o povo. E com ele viera também a noite.

Da porta já não se enxergava nada. Além de que a chuva, o vento e o frio, que se juntaram naquela hora, enregelavam tudo. A tremelicar, foi-se chegando à lareira.

– O pai demora-se...

– Não que ir à Vila e voltar tem que se lhe diga...

Via-se bem que também ela estava inquieta. Seria que, como ele, esperasse por uma prenda?

Cerrou-se a escuridão. O aguaceiro agora caía a cântaros. Pelas frinchas da casa o vento ia dando punhaladas traiçoeiras.

– Valha-me Deus!

O lamento da mãe acabou de encher a cozinha, já meia testa de fumo.

– Que noite! E aquele homem por lá!

Olhou-a com os olhos vermelhos da fogueira de lenha verde.

De súbito, à ideia da prenda, que, alegre, o acompanhara todo o dia, juntou-se-lhe uma outra, triste, imprecisa, que lhe meteu medo.

– O tio Adriano também foi, pois foi?

– Foi.

Novamente um grande silêncio caiu entre eles. Mas durou pouco.

– Vais cear e dormir, que são horas.

– Eu queria esperar pelo pai!

– Vais cear e dormir...

Embora obrigado, nem o caldo lhe passou pela garganta, nem o sono, na cama, lhe fechava os olhos. No escuro ouvia a mãe chorar, suspirar, e as bátegas grossas e pesadas a martelar o telhado.

De repente sentiu passos no quinteiro. Até que enfim! Era o pai! O que seria a prenda?

A pessoa que vinha bateu de leve e chamou baixo:

– Maria...

– Quem é? – perguntou a mãe.

– Sou eu, o Adriano...

O coração deu-lhe um baque. Então o tio Adriano voltava sozinho?!

Pôs-se a ouvir, como um bicho aflito.

E daí a nada sabia que o pai fora morto num barulho, e que no sítio onde caíra com a facada lá ficara, ao lado dum cavaquinho que lhe trazia.

A Ressurreição

Não há em toda a montanha terra tão desgraçada e tão negra como Saudel. Aquilo nem são casas, nem lá mora gente. São tocas com bichos dentro.

Apesar disso, Cristo Nosso Senhor, aos domingos, digna-se visitar a aldeia na pessoa do padre Unhão, que vem rezar missa ao nascer do sol. O padre apeia-se da égua, assoa-se a um lenço tabaqueiro encardido, tosse, dá duas badaladas no sino, e entra numa igreja tão escura e tão gelada que se lembra sempre duma pneumonia dupla. Diz o intróito com muita solenidade, sobe as escadas de granito, lê, treslê, vira-se, volta-se, benze--se, e, por fim, prega. É sempre uma descompostura de cima a baixo. Que ninguém presta. Que os pais são assim, que as mães são assado, que as filhas são porcas, que os filhos são brutos, que é tudo uma miséria.

Saudel, abismado, ouve. Depois, à saída, põe-se a ruminar. Quem irá dizer lá em cima tão mal do povo? Os homens cavam de manhã à noite, as mulheres parem quantas vezes a Virgem Maria quer, os rapazes e as raparigas vão com o gado... Quem irá meter coisas daquelas nos ouvidos de Deus?

Seja quem for, o certo é que no domingo seguinte, Nosso Senhor, sempre pela boca sem dentes do abade, recomeça a ralhar. Que o fim do mundo está perto e que não haja ilusões. Todos para as profundas dos infernos! Os velhos, as velhas e os novos. Ficam só as ovelhas.

Saudel, aí, desespera. Chora umas lágrimas negras, barrentas, e geme como quem uiva. Os rebanhos na serra sem pastor! O que não teriam dito de Saudel no céu!

E o pior é que nem o próprio padre Unhão descortina saída para semelhante calamidade, depois da falência do remédio que tentou. Seguro de que a misericórdia divina tudo pode, resolveu salvar o desterrado lugarejo e a sua endemoninhada gente, através de um acto colectivo de expiação. Endoenças. Estava a Semana Santa à porta. Realizasse o povo endoenças, e remisse os pecados na dor e na oração.

Saudel, lanzudo como os carneiros, nem sequer percebeu. O que eram endoenças?

E foi preciso o pároco explicar. Eram a Paixão e a Morte do Nosso Senhor Jesus Cristo, representadas ao natural. Vinham o senhor padre Gaspar, o senhor padre Abel, o senhor padre Artur, o senhor padre Rego… De Cristo, Nosso Senhor, fazia o Coelho, que nem de encomenda para o papel.

– O Coelho?!!! – e Saudel olhou, assombrado, o homem da Joana Perra.

– Tem semelhanças…

– Com Nosso Senhor Jesus Cristo!! – e a mulher, que nunca dera dez réis pelo marido, um lingrinhas que nem filhos lhe fizera, media o consorte de cima a baixo.

– Tanto quanto possível… – esclareceu o prior.

– De Herodes, talvez o Daniel. De Judas…

– Eu não! – defendeu-se o Albino.

– Tu mesmo. De Centurião, o Roque. De soldados, os quatro filhos do Zeferino. De Verónica, a Isabel…

Saudel deu com a cabeça nas fragas, a matutar no caso. Repentinamente, viam-se todos transfigurados, já nenhum seguro da sua própria realidade. E quando, depois de alguns dias de ensaio, o Seara foi à Vila alugar saiais, e regressou com uma carrada de capacetes, de lanças, de togas, de turbantes, de asas, de vestidos de veludo, cada qual, a tomar conta e a experimentar os adereços que lhe pertenciam, sentia-se realmente outro, por fora e por dentro. De capa vermelha, coroa de espinhos e cana verde na mão, quem é que reconhecia o Coelho de outrora? Nem ele.

Segue-se que na Quinta-Feira Santa, à noite, a povoação mudara inteiramente de fisionomia. O seu nome, agora, era Jerusalém, e a multidão assistia de coração alanceado ao martírio do Salvador. E que martírio! O Armindo, a Caifás, duro como um chavelho. O Arranca, a testemunha, ninguém queira saber. A Rosa, uma coninhas de Maria Madalena, se havia de agarrar num estadulho e começar a eito, não senhor. A chorar, a adorá-lo, meu Deus, meu Jesus, e mais nada. O Carlos, a negá-lo três vezes. Com gente assim, que havia o pobre do Coelho fazer?

Olha, deixar-se imolar como um cordeiro inocente. Apenas os juízes, do Pretório, deram a sentença, então os filhos do Zeferino não lhe atiram com uma cruz de castanho para cima do lombo, que pesava para aí quatro arrobas, não o fazem subir o cerro do Calvário, e lá não o pregam, não o içam, e não lhe metem pela boca dentro uma esponja de fel?! Só a tiro. Palavra de honra que só a tiro! Três horas naquele suplício, enquanto o padre Gaspar, dum púlpito armado debaixo de uma carvalha, berrava que parecia maluco.

Diante de um tal sofrimento, Saudel olhava o Coelho e via-o Cristo mesmo a valer, a dar a vida por nós. E foi com orgulho que a Perra, às tantas, o viu inclinar a cabeça e ficar-se. Os soluços que ouvia à sua volta eram palmas doutra maneira.

Ufana da auréola que nimbava já o marido, e a envolvia na mesma glória, numa aberta de lágrimas foi à sacristia tomar providências domésticas. Afinal, como era? O seu homem estava praticamente em jejum. Queria saber se lhe poderia chegar qualquer coisa. Um migalho de trigo com queijo, ao menos…

O seu homem acabava de morrer. Iam descê-lo e fazer-lhe o enterro.

De rabo entre as pernas, voltou ao lugar e ao pranto, enquanto o Coelho, muito amarelo, sem dar acordo de si, todo bambo do corpo, era despregado pelos dois Rós, que faziam de José de Arimateia e Nicodemo.

Apararam-no as Trindades, muito asnas no papel de Santas mulheres, e deram-lhe sepultura numa eça armada no meio da igreja. Entraram com ele pela porta lateral, estendido na mortalha, cada uma a pegar na sua ponta, e encafuaram-no no buraco da urna. Os Zeferinos, claro, apenas elas o depositaram lá no fundo, logo ali como corvos a guardá-lo.

– Ordem de Pilatos!

O Senhor Verruma! Não contente com lavar as mãos numa rica bacia – que não tinha culpas naquela morte –, punha-lhe agora soldados de plantão!

Ao fim da tarde, a Perra e Saudel estavam secos, de tanto chorar. Mas de que valia? Os padres, no altar, não acabavam as mesuras e o cantochão. E olha lá que os Zeferinos, entretanto, largassem o sepulcro. Ali, especados, como guardas-republicanos.

À noite, num dos intervalos das cerimónias, a Perra foi ter novamente com o prior. O homem morria-lhe mesmo, sem uma pinga de caldo há tanto tempo.

– Se morrer, rezo-lhe o responso. Começou, tem de acabar.

Resignada, foi ela meter um cibo à boca e dar penso aos bois.

Mas de manhã não pôde mais. De joelhos, chegou-se ao túmulo.

– Manuel...

A resposta foi um empurrão do filho mais novo do Zeferino.

– Tire-se daí!

Fariseus!

Até que bateu o meio-dia. O padre Unhão deu o sinal, e começou a cantar.

– *Ale... ale... ale... lu... ia...*

A Matilde, que fazia de anjo, apareceu, sem se saber como, à beira da sepultura, levantou-lhe o tampo, e mostrou-a aberta e vazia.

– *Non est hic...*

Quê?! Não estava lá?! Não estava lá o Coelho?!!...

De olhos arregalados, atónita, a multidão não queria acreditar no que via. Nem vivo, nem morto?!

Como o prior ensinara, mal o anjo disse o latim, os filhos do Zeferino puseram-se em fuga pela nave fora. E foi então que a Perra, saída do estupor em que ficara, gritou aqui-del-rei pelo seu homem.

Solidário com aquele desespero justificado, Saudel em peso caiu como um abutre em cima dos quatro facínoras e da tropa-fandanga por conta de quem estavam a soldo. Não faltava mais nada! Faziam-lhe trinta judiarias, crucificavam-no, davam-lhe sumiço, e ao fim ó pernas para que vos quero! Ora ali tinham. Eles e o resto da comandita.

Transformada num campo de guerra, a igreja era um lago de sangue. De nada valia o furor do padre Unhão, a clamar em altos berros do altar contra aquele remate selvagem da santa cerimónia. Surdos às razões do abade, só atentos à voz íntima da indignação, todos vingavam como podiam a injustiça cometida, numa viril ressurreição do sagrado humano, que apenas o sino, a repicar lá fora, parecia compreender e festejar.

Um Filho

Contemplado do alto da Mantelinha, o mundo parece tudo menos um vale de lágrimas. Em Janeiro, então, quem não é cego da alma e, de lá, vê tudo em redor coberto de neve pura, mesmo que seja pastor e tenha o gado na loja morto com fome, acaba por acreditar que a terra foi gerada só para ser possível uma brancura assim. Por isso não admira que em Provezende ninguém tivesse entendido a simplicidade com que o Rebel um dia desceu do monte, falou à filha do Jaime, a pediu em casamento, a recebeu, e com ela e a maluquice se foi. O Rebel era a fraga cimeira da Mantelinha, lavada todos os dias pelo bafo do céu; e Provezende rica nos fundegos da Ribeira, aonde até o ar chega por favor. De forma que não podia de nenhum modo ter olhos para tamanha claridade. À própria Júlia, à noiva, valeu-lhe ser dona dum coração feito de confiança e os seus vinte anos poderem mais do que todas as razões sensatas. De contrário, ali ficaria a chorar a mãe, que morrera há anos, a ralhar com o pai, sempre metido no vinho, sem nunca conhecer sequer o perfume das giestas da Mantelinha.

O velho, numa hora de bebida regrada, ainda lhe disse:

— Quem bem fizer a cama...

Mas ela ouviu-o a pensar na desgraça em que viviam. E como era animosa, e a idade lhe pedia um homem a cheirar a urzes e com ar de lobo, gostou do rapaz, casou-se, pôs à cabeça as duas mantas que herdara, e a seu lado meteu-se pela encosta acima à ventura.

Quem bem fizer a cama...

De pouco valia o eco das palavras paternas a persegui-la! Levada nas asas da imaginação, chegou leve de preocupações à porta do ninho, e, com cinco réis e um prego, fez tal barulho, que daí a dias o casebre solitário da Mantelinha parecia o Palácio da Ilusão. E o Rebel, ao meio-dia, depois de regressar das lombas e comer o caldo, debruçava-se à janela, punha os olhos no craveiro a estalar de cravos e nas dez léguas à volta cobertinhas de sonho, e dizia à mulher:

– Nem há riqueza como a nossa, ó Júlia!

E não havia mesmo. A Mantelinha era já de si um paraíso; mas agora a Júlia cozinhava, varria a casa, ameigava os cordeiros, e aqueles cerros de pedra ressumavam ternura. Depois, nem de propósito, a Primavera pegava-se a tudo, e o Barbas, o chibo, e o Roberto, o carneiro, não paravam.

– Pronto. O pessoal rachado do rebanho está coberto... – disse uma noite o Rebel à mulher. – Só faltava a Rucinha, e foi hoje. Vai ser um céu aberto de criação.

– Pois eu também...

– O quê?!

Era o que ela lhe dizia. A Mantelinha ia ter que contar.

O Rebel já não pôde dormir. Um filho! Um filho seu, ali, no alto das fragas, a saltar como um cabrito!

De manhã, pela primeira vez na vida, deixou a cama sem vontade. Como que lhe doía já separar-se dele, do menino, que a imaginação quente lhe fazia ver nado e criado, muito parecido consigo, dentro do corpo adormecido da Júlia. Mas lá se ergueu. Com jeito, para não acordar a mãe e a criança, saltou do catre, vestiu-se, abriu a porta, desceu a escada, tirou o gado da loja, e, meio sonâmbulo de felicidade, meteu pela serra a cabo, nimbada àquela hora da indecisa luz do sol que vinha vindo.

Regressou mais cedo que de costume. E, mal fechou a porta do quinteiro ao rebanho, e a mulher lhe apareceu com o ar de maçã camoesa que tinha, pegou nela em peso nos braços, balouçou-a ao de leve, e pôs-se a cantar o *Dorme, dorme, meu menino...* A Júlia ria-se. E ao almoço, enquanto o via engolir as batatas com uma fome esgalgada, começou a deitar contas à vida. Tudo muito bonito, mas faltava o melhor. Precisava de lençóis, de toalhas, de faixas, de cueiros...

Como bom pastor que era, o Rebel, em matéria de partos, não passava da simplicidade dos das ovelhas. E ainda ela estava a meio do rol das necessidades, já ele corria pelas quebradas na companhia do garoto, que havia de ser um rapagão e amigo dos ares da Mantelinha.

A Júlia é que não desistia. Visse lá bem! Não podia parir como as reses do monte... Tinham de ir a Provezende fazer algumas compras.

O Rebel acabou por ouvir, e prometeu que sim, que iriam. Levavam quatro cabritos, e o que eles rendessem... Mas não havia pressa... Quando nascia o pequeno? O quê?! Em Janeiro?! No pino do Inverno?! Juizinho! Ao menos deixasse vir o Março. Não via como as crias da Peluda tinham morrido de frio? Em Março. Em Março é que estava bem.

A Júlia ouvia-o com um sorriso no olhar. Muito gostava ela daquele demónio! Agora lunático, isso era. O cachopo subira-lhe à cabeça. Estava cada vez pior. O menino, o menino, e não saía dali. Pensar a sério nos precisos do parto, isso não era com ele. Largar a Mantelinha, só para casar, e nem ela sabia que santo o encaminhara... Mas agora as coisas mudavam de figura.

– Quando vamos? Estou aqui, estou de cama... – começou a ameaçar.

– Lá para a feira dos nove. Levam-se os dois cabritos da Riscada, o da Arisca, o da Mocha, vendem-se... Até podias ir tu sozinha. Quem há-de ficar com o gado? Mas não vale a pena afligir. Temos tempo...

E houve realmente tempo para o Rebel se perder em devaneios pelos montes, a propósito de tudo e de nada. Um filho! E enchia tanto o peito de ar, que parecia que engolia o mundo. Um filho!

Em Dezembro, a mulher, de grossa, parecia um odre.

– Não te resolvas, e eu quero ver depois...

E o Rebel a sonhar. Calma! Antes de Março não queria gente nova na Mantelinha... Vinha aí um Janeiro!...

– Só tenho medo que me chegue a hora...

– Deixa passar o Inverno.

E a hora chegou inesperadamente, depois de um grande nevão caiar a serra enquanto eles dormiam.

– Vai-me buscar alguém pelo amor de Deus, homem! Vai-me buscar alguém! – pedia a Júlia, no pânico das primeiras dores. – E o meu pai que te empreste o que puder. Tanto te disse...

Desorientado, o Rebel não ouvia nada. Ia, ia, não se afligisse. Trazia tudo. Mas quê?! Nascia já? De repente? Com o frio que estava?

Ela sabia lá! As dores é que eram de matar... Cada guinada!

As ovelhas na loja comiam-se de fome e berravam. O Rebel foi-lhes cortar uns ramos, a ver se as calava. Qual o quê! Queriam monte. Monte num dia daqueles! E lá estava a mulher outra vez...

– Vai-me buscar alguém, homem! Vai-me buscar alguém...

O Rebel chegou-se à janela. Tudo tão branco, tão puro, e o gado a berrar, a mulher a berrar. Que tristeza de mundo!

– Vai-me buscar alguém…

Voltou-se. Olhou a parturiente aterrado. Inexplicavelmente, sentiu-se estranho ali e acovardado como diante de um fenómeno sobrenatural que fosse acontecer. E perguntou de novo e a medo:

– Mas nasce já, já?

A Júlia, porém, respondeu-lhe com um grito tão lancinante, que ele, atarantado, agarrou no chapéu, abriu a porta de repelão e, sem saber bem o que fazia, meteu-se pela neve fora.

Quando chegou a Provezende era quase noite. Com ar de quem tinha visto lobo, entrou em casa do sogro a gaguejar. A Júlia estava para ter um filho… Ficara deitada, comidinha de dores…

Se não se envergonhava de a deixar sozinha num ermo daqueles?!

Envergonhar, verdadeiramente… Fora ela que o mandara buscar alguém, e pedia até se fazia o favor de lhe emprestar alguns precisos…

Precisos… precisos… Onde tinha o Jaime os precisos? Um rico chefe de família que o genro lhe saíra, não haja dúvida! As ovelhas, as ovelhas… Bem que dissera à filha: como fizeres a cama… Fora fazer a cama na Mantelinha com semelhante maluco, recebia o pago… E quem queria ele levar? A mãe estava debaixo da terra; as irmãs eram novas e nunca tinham visto sequer… Bem, adiante. Só a Joana Pedra. Mas a Pedra ia lá a tais horas à Mantelinha! De mais a mais numa noite assim! Em todo o caso, fosse falar com ela. Morava mesmo no largo…

Saiu atordoado. No seu entendimento simples não cabia tanta lógica. O filho, de que já conhecia as próprias feições, sempre nascera sem nenhuma complicação. O milagre de ele existir tinha-se dado já, no momento em que a mulher lhe anunciara a gravidez. Depois disso, a espera de meia dúzia de meses fora uma espécie de

tempo de purificação. Mais nada. Por isso nem enten-
dera a Júlia a pedir auxílios alheios, nem o sogro a
descompô-lo, nem a Joana Pedra, agora, a prolongar-lhe
o desespero.

— Não fervas em pouca água, rapaz! O primeiro
demora sempre muito. Só lá para amanhã... Anda-me
chamar, então.

O céu parecia de breu. Levantara-se vento e chovia.
E pela serra acima, o Rebel, alagado em água, tentava
romper as bátegas e a negrura daquela hora.

Um filho...

A palavra e o significado dela tinham tal nitidez, tal
simplicidade, que não conseguia partir dali para a sua
aflição.

Insistia:

Um filho...

E cada vez estava mais longe da mulher a gritar, do
sogro a tratá-lo mal, da Joana Pedra a largar sentenças.

Chovia sempre. A neve, a derreter-se, descia em
enxurradas pelos valeiros e ensopava os caminhos. Mas
nem toda a água e todo o frio do céu conseguiriam arrefecer a imaginação do pastor.

Um filho... No alto da Mantelinha...

E o calor da alucinação aquecia tudo.

A escuridão apertava-o como um nó. E o Rebel acabou por encontrar no esforço físico dos olhos a síntese
do que sentia na alma. Muito negra era a vida, afinal!

Um filho...

E parecia tão clara, aquela palavra!

O vento, que no vale apenas assobiava, no planalto,
onde a choupana se erguia, uivava como um cão agoirento...

Culpado e vencido, aproximou-se do vulto atarra-
cado do lar. Voltava de mãos vazias... Mas quê! Ninguém o atendera!...

Subiu as escadas, pasmado com o silêncio que vinha de dentro da casa. Até o gado na loja parara de berrar!

Empurrou a porta a medo.

Um filho...

E tinha realmente um filho nos braços da mulher adormecida. Um filho simples, natural, sem precisos, sem Joana Pedra, sem faixas, sem cueiros, sem nada.

Um filho que o acordou cedo a gritar com a mesma fome do gado, e que, à tarde, quando regressou do monte, lhe fez dizer à mulher, depois de pegar nele ao colo e de olhar da janela o mundo outra vez coberto de sonho:

— Nem há riqueza como a nossa, ó Júlia!

A Promessa

Fizera a promessa em Piauí, Minas, quando, depois de o rio Doce crescer, encher as margens de traíras e secar, se levantaram tais febres que não havia quem lhes resistisse. O engodo de terras a quem as quisesse cultivar arrancou o Lucas da mercearia Barros & Cia., em Juiz de Fora, e metera-o no comboio da Leopoldina Railway, a caminho da mata. Um fazendão, na verdade, que o Estado lhe ofereceu de mão beijada, a troco dum requerimento. Cada jacarandá, cada garapa, que o desgraçado abria os pulsos às machadadas ao toco, e as bichezas em pé. À custa de muito suor, lá conseguira fazer uma derrubada, plantar um cafezinho e um migalho de cana, semear dois pés de milho, e poderia alargar mais ainda os alicerces da riqueza futura se aquele excomungado rio Doce se não põe para ali a inchar como uma mulher, e não acaba por parir tais sezões, que era tudo a eito.

O curandeiro da região, o Albino, um negro que metia medo às onças, bem jurou que os seus frascos de homeopatia curavam doenças deste mundo e do outro. Qual o quê! Se não se agarra à Senhora dos Aflitos com unhas e dentes, bem que batia a bota.

Que lhe fazia uma festa no seu dia, sozinho, sem a ajuda de ninguém, se ela lhe valesse. E como a santa o ouvira, e era homem de palavra, cinco anos depois, quando conseguiu arrancar daquele chão tropical com que viver gravemente em Ludares, vendeu as terras, meteu-se às ondas, atravessou o Marão, subiu a serra da Forca, abraçou toda a gente da aldeia e tratou de dar andamento à promessa.

Queria uma missa cantada com acompanhamento, um sermão do padre Gaspar arrancado das entranhas da alma, e uma procissão solene que testemunhasse publicamente a grandeza da hora em que tivera a vida por um triz. Homem simples, de coração sensível, o Lucas desejava que o seu voto fosse cumprido como tinha sido feito – em pureza. Esquecia-se de que a mulher, a pateta da Lucinda, desde que ele viera ardia em vaidades, e sonhava com um festão espaventoso que metesse arraial e comédias.

Ofendido na sua fé, disse redondamente que não. Mas o Brasil tivera-o desaninhado muitos anos. Como não era porco, nem gostava de sujar águas de ninguém, aguentara-se na sua virtude. Por isso, agora, a Lucinda, que lhe conhecia o fraco e o trazia pelo beiço, abusava. Ou ele lhe fazia a vontade, ou tinham o caldo entornado.

O Lucas acabou por ceder a respeito do arraial. Pois então, sim senhor, concordava. E pagava, claro está. Respeitava os usos da terra. Comédias, é que não. Só a ideia lhe parecia já um pecado. A promessa fora a sério. Sabe Deus em que aflição!

A mulher, feita com o resto do povo, emoldurava-o nos olhos ramalhudos e brejeiros, que o entonteciam, e continuava na dela. Ou tudo, ou nada. Que embirração!

– Mas eu não prometi comédias, com mil diabos!

E que tinha lá isso? Um esquecimento qualquer pode ter. Eram mais quinhentos mil réis para trás ou para diante.

Coçava a cabeça, desesperado. Palavra de honra que não se tratava de ninharias materiais. Pelo contrário: só lhe daria prazer... Mas noutras circunstâncias. Agora num momento solene como aquele! Não. Até a santa se podia ofender.

A Lucinda é que não desarmava. A Senhora dos Aflitos não era parva nenhuma. Que mal lhe faziam lá no céu, as comédias? Pobre do Pinto, que andava com a cabeça em água... Nem se podia imaginar o que custava meter na tola do Silvino o papel de noivo! Que soco!

– O quê?! Mas então...

Pois é claro que andavam a ensaiar! Não, estavam à espera das ordens dele! Há um mês e meio. Por sinal, uma riquíssima peça. *O Casamento Escandaloso*. De a gente morrer. Havia lá uma cena!...

O Lucas já nem ouvia, aniquilado com aquele sacrilégio ao voto que fizera. A grosseira intromissão dum espectáculo profano na íntima religiosidade da sua gratidão doía-lhe no cerne da alma. Recuava ao momento da doença e via-se desamparado, a bater o queixo no meio da selva hostil. Nem a mulher, nem Ludares em peso, lá longe, lhe podiam valer. Só forças sobrenaturais são capazes de vencer os impossíveis deste mundo. E eram agora essas pobres incapacidades terrenas que tentavam diminuir o preço que toda a fragilidade mortal deve ao poder divino! Não. Santa paciência!

A Lucinda começou a chorar. E depois de muitos soluços, declarou-se incapaz de resistir à vergonha que ia ser. Por isso, saía de casa.

Diante duma reacção assim inesperada e bruta, que ameaçava destruir-lhe a felicidade, o Lucas não teve remédio senão resignar-se. Fosse tudo em desconto dos seus pecados.

Nas vésperas da festa ainda cuidou que Deus o quisesse ajudar. Estava ele no escritório a contar juros e a meditar nas misérias humanas, entra-lhe a mulher pela porta dentro trespassada. O Ruela, um dos principais actores, adoecera.

Aliviado dum grande peso moral, fitou-a com ar de quem fora miraculado outra vez.

– Ah! sim?

Mas ela não compreendeu.

– E agora?! Quem há-de fazer de regedor, não me dirás?

– Agora... é não haver comédias.

Indignada com o disparate, a Lucinda bateu-lhe com a porta na cara. Ficasse sabendo que lá haver comédias havia, nem que estoirasse o mundo.

Voltou aos rendimentos e às congeminações. Que génio aquele!

Foi o Ruço, pau para toda a colher, que tapou o buraco. Em três dias, o ladrão aprendeu o papel.

Mas decididamente que alguma vontade providencial estava pelo lado do Lucas. No próprio dia do espectáculo, o Ruela morreu.

– Que azar! Parece praga! – lamentava-se a Lucinda, desorientada de todo.

Só o Lucas, apesar de ter sincera pena do Ruela, se sentia bem por dentro.

– Pronto. Faz-se a festa religiosa, e acabou-se. Foi o que eu prometi.

Se a razão comandasse as nossas acções, evitavam-se muitos dissabores. Infelizmente, não é assim. Para conseguir os seus fins, cada ser humano é capaz de passar por cima das coisas mais santas. Nem o corpo ainda quente do Ruela detinha aquelas consciências desvairadas.

– Não faltava mais nada! Lá por morrer um soldado não se acaba a guerra...

A Inês, a viúva do Ruela, que morava mesmo no largo onde o palco já estava armado, assim que soube que a representação ia por diante, cobriu o xaile e foi ter com o Lucas.

– Ouviu? Se você me faz pantominas à porta no dia da morte do meu homem, eu até a alma lhe como, seu galhudo!

Aflito e atónito com o remate da advertência, o brasileiro fez nova tentativa junto da mulher. Que tivesse dó daquela desgraçada. Considerasse que podia estar no lugar dela. Evitasse uma tal profanação. Até Deus os podia castigar a todos.

A Lucinda foi como uma pedra. O povo queria divertir-se; o melhor sítio era ali, no eiró; tivesse a Inês paciência. E acabasse lá com os maus agoiros!

Rilhado de desespero, o Lucas passou a tarde a arder numa fogueira de remorsos e dúvidas. Devia logo de entrada ter cortado o mal pela raiz. Não e não! Agora, claro, abusavam da fraqueza dele. Quanto à insinuação da Inês, seria possível?... Ou haveria ali apenas força de expressão, rudeza de maneiras? De qualquer modo, desassossego e aborrecimento.

E neste cenário triste, a representação começou.

Antes, a música de Portela executou solenemente uma abertura. E o Lucas, sentado ao lado da mulher, não pôde deixar de reconhecer que, realmente, coisa asseada!

A Lucinda, essa, exultava. Quando é que em Ludares se ouvira nada que se comparasse? E voltava-se na cadeira para ver se alguém discordava. Ninguém. Aquele mar de gente, a olhar com avidez o palco, estava todo de acordo com ela. Subisse o pano.

Dum mastro alto, apenas um candeeiro iluminava frouxamente o largo. O Lucas reparou nisso e doeu-se intimamente de semelhante descuido. Afinal a festa era sua. Não prometera comédias, é certo, mas já que se faziam... Que, diga-se a verdade, podia orgulhar-se. Dum bonito assim gabavam-se poucos. Pena o pobre do Ruela... Claro que não tinha culpa da desgraça de ninguém. Além disso o povo é que teimara... Bem, olha, adiante...

Estava na paz desta conclusão, quando soaram as três pancadas. Oh, oh! Ia começar, e ele com o juízo nos quintos! Arregalou os olhos. Já que pagava, ao menos aproveitar.

Ao som estridente dum solo do Pelotas, a grande vedeta da música da Portela, que na Vila, num concurso onde rebentaram três rivais, ganhara um cornetim de prata que lhe fora entregue solenemente pela esposa do Governador Civil, o pano começou a subir lentamente. Lá estavam dois homens no palco. Mas tão disfarçados, que os não identificava. A mulher deu-lhe um breve esclarecimento, que o confundiu ainda mais. O da direita, a personagem principal, chamava-se Tic-Tac; o da esquerda, Tio Barnabé. (Muito alto tocava o raio do cornetim!)

De repente, o mestre da banda fez um gesto. E tudo à volta, num silêncio sem respiração, ficou suspenso da boca de oiro do Marcolino!

Era ele, o Tic-Tac. Agora é que o reconhecia. O ladrão não mudara! A mesma cara estanhada, os mesmos dentes de cavalo e a mesma voz de qualquer, fosse quem fosse. Ó Marcolino, como é que diz o Antunes? E logo a fala do Antunes a sair-lhe pelo nariz, muito arrastada, muito fanhosa: «– A puta da minha Margarida...» Uma risada. A representar, então, quando tinha um bom papel, ninguém lhe resistia. Cada resposta! Lá isso... De resto, bastava vê-lo naquele preparo: um bigode de polícia, calças de fantasia, coco e bengala. Descarado de todo.

Foi o Justo, mais acanhado, que fazia de Tio Barnabé, a dar a saída:

> *Que me dizes, Tic-tac,*
> *Da Pantufa ao casamento?*

O Marcolino nem pestanejou:

> *Não me agrada o seu sotaque,*
> *Porque o noivo é um jumento!*

A réplica arrancou uma gargalhada geral da assistência. E o Lucas teve um arrepio. Mas o Justo continuava:

É que me diz um Fulano...

O que o Marcolino lhe respondeu ainda foi melhor desta vez. O Lucas é que não ouviu bem.

– Que grande peça! – exclamou um velhote à sua frente.

E ele, tão lorpa, que fizera tudo para empatar uma maravilha daquelas! Realmente, quando lá na mata se vira em palpos de aranha, nem lhe passara semelhante coisa pela cabeça... Depois, o caso do Ruela... Coitado, podia estar ali também, feliz da sua vida... E afinal... Ninguém tenha ilusões neste mundo. Mas, com trezentos diabos, lá perdera o fio à meada!

Voltou-se para a mulher:

– Ele que diz?

Ouviu protestos à volta. A própria Lucinda o mandou calar, com o cotovelo. Calculem! Puxava pelos cordões à bolsa, e ainda por cima... Felizmente que não gostava de armar questões. Calou-se. Pôs-se a ver e a ouvir.

Uma senhora, parecia-lhe a mulher do Aníbal, entrara já em cena e chorava. Por que raio choraria ela?

Agora grande estardalhaço nos bastidores. Ah! era o Ruço que entrava, a fazer de regedor.

Autoridade!

O Justo fez de conta. E logo o outro:

Cabos!

O Marcolino, claro, aproveitou a deixa:

Por favor, cabos de quê?
De enxadão ou de forquilha?
Pois muito me maravilha
Que seja vossemecê
O referido enxadão,
Ou a possível forquilha,
Pai extremoso desta filha,
Aliás bem boazinha...

Toda a gente se ria. Só ele, Lucas, não percebia nada. Apurou mais a atenção.

Ai!...

Abriu muito os olhos. O regedor puxava por uma pistola, e a mulher do Aníbal, a seguir ao grito, desmaiava em cima do sofá. Nisto, ouviu-se um tiro e caiu alguém no chão.

Morto!

O coração do Lucas estremeceu.
– Hã? Morto?
A mulher deu-lhe nova cotovelada.

Morto! Morto quem eu amo!

A plateia uivava.
– Ouve, qual deles é que morreu?
Já toda a gente estava indignada. Queriam ouvir. Pouco barulho!
Continuava no palco a lamentação:

Amado destas entranhas,
Caído junto a meus pés,
Juro-te aqui por quem és...

O Roberto, estendido no soalho, não tugia nem mugia. E quando a amante, a Lídia, que fazia de filha do regedor, acabou a tirada, em vez dele, respondeu-lhe uma delirante ovação da assistência.

O Lucas, então, não pôde mais. Merda para aquilo tudo! Morto, mortes, e toda a gente a gostar!

Ergueu-se. Seria bom, seria. Ele é que não estava disposto a incomodar-se mais.

Com dificuldade, rompeu por entre a multidão, que nem o via, e saltou o taipal que rodeava a plateia. A palavra funérea batia-lhe dentro da cabeça. Morto. Morto...

Cá fora a lua dava em cheio na aldeia deserta. Uma solidão de cemitério cobria tudo.

Sentia-se rarefeito como aquelas casas vazias. O chão fugia-lhe debaixo dos pés. No que dera uma pura e humilde devoção!

Pôs-se a andar à toa pelo largo adiante. Depois, como um sonâmbulo, começou a subir as escadas do Ruela.

Empurrou discretamente a porta e entrou. Quase ninguém. A Inês, o filho, o Lameiroto, a Amélia Gomes e o Concho Velho. O Ruela muito teso no caixão.

Avançou comprometido. Olhava tudo sem ver nada. Só a custo descobriu a caneca de água benta. Pegou no ramo de oliveira e deixou cair umas gotas em cruz sobre o defunto. Virou a cara. A viúva a olhá-lo como uma fera. Com as pernas a pesarem-lhe arrobas, arrastou-se até junto dela. E tentou falar:

– Inês...

Sentiu cravados nele dois olhos alucinados. O morto cada vez mais severo, de rosário na mão. A voz prendeu-se-lhe na garganta. Ficou calado, à espera.

Subitamente, o som do cornetim do Pelotas entrou por um vidro quebrado da janela e fez estremecer tudo. Parou-lhe o sangue nas veias. Num grande esforço, lá conseguiu repetir:

–Inês…

Mas estava mesmo perdido.

–Por vergonha é que o não ponho daqui para fora a pontapés. Na mortalha do meu homem fazer-me esta pouca-vergonha à porta! Seu badana! Seu grande corno!

A gaguejar, tentou chamá-la à razão. Que fora o povo e a mulher. Ele, por ele…

A Inês, desvairada, nem o ouviu:

–Consumido seja você nas profundas dos Infernos e mais a puta que o enfeita!

Ferido em todos os recantos da alma, olhou-a finalmente com firmeza. E havia no rosto dela tanta amargura, que baixou os olhos e só pôde responder:

–Olha: quando tive a má sorte de fazer esta promessa, antes a Senhora dos Aflitos me não tivesse ouvido e me deixasse morrer por lá como um cão.

Maio Moço

Só quem já passou por elas ou tem imaginação é que pode fazer ideia do desconsolo que era a vida do Gonçalo em Dornelo, órfão de pai e mãe, a ser criado por esmola em casa do Anastácio. Fome, pancadaria, e o dia inteiro atrás do gado na serra como um escravo. Desprezível e sem uma letra, metia dó. Valia-lhe um pífaro de barro, que trocara por um pião de buxo que fizera à podoa, onde contava às fragas a sua melancolia de criança infeliz.

Enquanto as ovelhas, que conhecia uma a uma como se fossem pessoas, iam tosando o panasco das lombas, soltava ele as suas queixas, empoleirado nos lapedos. Lamentava-se dum abandono humano que lhe doía no coração, vazio duma palavra de carinho ou de um gesto de ternura.

Embora recebesse dos montes, sempre abertos e atentos às suas mágoas, a dádiva duma liberdade difusa, era do próprio bafo da aldeia que precisava, quente e ritmado a bater-lhe na pele.

Esse calor, porém, estava Dornelo longe de lho dar. A solidão do pastor entranhara-se de tal modo no quotidiano da povoação, que o viam entrar à noite e sair de manhã como se ele fosse um borrego do próprio rebanho que guardava. E o seu nome nunca ocorria a ninguém, quando a arraia-miúda tinha lugar de honra à mesa da gente grande.

Todos os rapazes da idade do Gonçalo guardavam na memória uma aventura. Um fora de profeta na festa, outro vestira opa e segurara as borlas do pendão, outro pegara na caldeirinha no dia de Páscoa. Ele, nada. As grandes horas de Dornelo passavam-se à margem da sua vida, rota e desamparada. Nem sequer fizera a primeira comunhão. Sem licença de ir à doutrina, enquanto os mais, de roupa nova e laço branco na manga do casaco, pisavam solenemente as lajes da capela, calcorreava o desgraçado as veredas do Cabril.

Assim decorria tão negregada existência, quando o destino compassivo lhe modificou a catadura de uma maneira inesperada e bonita. Fria já de si, a Montanha naquele ano encaramelara de vez. Punha-se o nariz fora da porta, e as espadanas do ribeiro eram lâminas de gelo a trespassar-nos. Mas que remédio senão levar o gado à serra, a pastar o sincelo!

Ora os nevões, o nevoeiro e o codo são a bem-aventurança dos lobos. Num desses dias, em que só havia brancura de morte por todos os lados, de repente, surgido não sabia de onde, o Gonçalo deu com os olhos num a abocar-lhe uma cordeira.

O cão de guarda ficara-se na povoação, atrás duma cadela na cainça. Alentado e de poucas festas, era ele que dava paz e segurança ao rebanho, numa vigilância guerreira, simbolicamente representada na coleira eriçada de pregos. Por isso, sem aquela protecção, o mesmo terror que tresmalhou as reses, siderou o pastor. Garanho de frio e de medo, o pobre coitado mal podia segurar no lódão. Bambeavam-lhe as pernas, e o coiro da cabeça queria despegar-se-lhe dos ossos. Mas, subitamente, por mistérios insondáveis da natureza humana, ergueu-se-lhe dentro do corpo acobardado uma onda de coragem. E arremeteu com tal fúria sobre o ladrão, que parecia uma fera a avançar sobre a outra.

– Grande corno! – gritou, a dar solidariedade aos berros da ovelha agadanhada, enquanto levantava o varapau.

Filado à cernelha da churra, o salteador negava-se a largar a bocada. Ágil e teimoso, tentava arrastar a presa e furtar-se aos golpes. O gosto doce do sangue exacerbava-lhe a fome e assanhava-lhe a teimosia. Tanto montava as bordoadas choverem, como nada.

– Cabrão!

Cada vez mais desesperado, o cacete ia e vinha, numa raiva animada de minuto a minuto pela insólita duração da violência.

– Larápio dos infernos!

Impávidos, os montes, numa neutralidade polar, assistiam à luta. Nem os comoviam os balidos lancinantes da borrega, nem a angústia do garoto a lutar à sobreposse.

– Não a levas, nem que te danes!

O ímpeto inicial, fruto da espontânea reacção a qualquer desafio que nos é feito, dera lugar a uma serena e voluntariosa consciência protectora. Rei dos animais pela razão, o pastor perdera o sentido do perigo e o terror dele. Agora era um inexorável fiscal da ordem a impedir desmandos.

– Excomungado!

Num salto imprevisto, o inimigo arredara-se de uma estadulhada que parecia certeira, e o cajado batera em falso num fragão.

– E esta?

Desiludido com a perícia da emenda, que foi rápida e lhe assentou em cheio no lombo, o lobo hesitou. Mas quanto se resignou a abandonar a vítima e se dispôs a fugir, o Gonçalo cortou-lhe a retirada.

– Tem paciência: agora ficas aqui!

Disse, e redobrou a força das mocadas.

– Não pões os queixos em mais nenhuma!

Derreado, o lobo arreganhava os dentes inutilmente. Com mais três ou quatro amacios, estava liquidado, com a espinha quebrada, caído aos pés do vencedor.

Calhou ser dia de feira em S. Lourenço e o Nicolau almocreve, que regressava a casa, dar de chofre com aquele espectáculo: o catraio, pálido de emoção e possuído ainda da fúria vingadora, a migar os ossos do agressor; este, esquadrilhado, a babar a neve do sangue da agonia.

– Com trinta milheiros de diabos! Tu onde arranjaste tanta coragem, rapaz?!

O pequeno limpou o ranho do nariz.

– Filho de quem o pariu! Olhe o que ele fez!

Sem vaidade, singelamente, mostrava a mola que o empurrara – a ovelha morta. O Nicolau, e logo a seguir Dornelo, é que não viam no feito senão a valentia na sua pureza original. Quantos e quantos, em semelhante situação, não teriam dado às de vila-diogo!

E a vida do Gonçalo transfigurou-se. Relatada a façanha, e provada com a presença da bicheza, que percorreu o povoado em procissão, um outro sol iluminou os seus gestos, as suas palavras, a sua solidão. Todos passaram a dar-lhe a dignidade que lhe negavam até ali. Os grandes queriam protegê-lo; os pequenos imitá-lo. A mestra protestou que era uma barbaridade deixá-lo analfabeto; o abade declarou que ia ensinar-lhe o catecismo; a ração aparecia-lhe dobrada no bornal.

Começara entretanto a Primavera a despontar da terra e dos céus. Não havia outeiro encardido que se não cobrisse de lírios, torgas e tojos em aleluia. O rebalho, farto, anediava. E a flauta de barro trinava de manhã à noite nos lábios do pastor, curados do cieiro.

– Muito bem toca o demónio do garoto!

Herói do povo, aconchegavam-no orgulhosamente à fibra mais generosa do coração. Inventavam-lhe façanhas antigas, ditos cheios de graça, habilidades que nunca tivera. Do deserto monótono de outrora ia surgindo uma biografia rica, divertida, recheada de peripécias e de sentido. Pareciam abelhas a encher um favo. Ninguém queria deixar de colaborar na gesta redentora.

– Uma vez vi-o eu, por causa dum ninho, subir ao alto do negrilho, que até a gente se arrepiava!

Dita, a mentira mudava logo de sinal aos olhos do próprio mentiroso. Transformava-se numa verdade evidente. Óbolo de boa vontade deposto aos pés do ídolo, passava a fazer parte da sua intangível realidade.

– Tinha ele dez anos, quando deu tamanha capilota à minha burra! Saltou-lhe para cima do lombo, credo, santo nome de Jesus!

Pouco a pouco, iam tornando sobrenatural tudo quanto fora medíocre na vida do pequeno. Uma glória sem raízes parecia-lhes inverosímil. E doiravam-lhe o passado. Forjavam-lhe a perfumada crónica dos que merecem, por qualquer acção grata aos semelhantes, que se lhes estenda aos pés, desde o berço à mortalha, um tapete de luz.

Mas nada disso os satisfazia ainda. E as próprias serras resolveram então propor um remate alegórico àquela azáfama nobilitadora. Cada vez mais floridas, metiam pelos olhos dentro uma apoteose de cor. Urdido o mito, que melhor remate do que nimbar a divindade da alegria conivente da natureza?

E o Gonçalo até santas mulheres teve ao serviço da sua causa.

– Para onde levas o gado, hoje? – perguntou-lhe à saída de casa a filha do patrão, a Sílvia, a olhá-lo numa carícia de Madalena arrependida.

– Para o Vimieiro.

– Calha bem…

– Porquê?

– Isso é cá um segredo…

Na sua inocência, nem pensou no dia em que estavam, que era o primeiro de Maio, nem adivinhou a fundura da intenção. Só à tarde, quando encantava os penedos a arrancar melodias da alma, é que viu um bando de raparigas surgir detrás dum outeiro, como se fossem atraídas pelo som dos seus trilos. Carregadas de flores de giesta, rodearam-no e puseram-se a adorná-lo como um deus.

Submisso, deixou-se vestir e coroar por aquelas mãos carinhosas e devotadas do oiro que a imaginação há muito lhe prometia e agora lhe era finalmente entregue.

E assim, feliz e festivo, entrou em Dornelo.

O Bruxedo

Apesar de a Gomes ter as farroncas que toda a gente sabia, a Melra foi-lhe àquele corpo que lho derreteu. A maior coça de que há memória em Feitais! A velha parecia o diabo, não parecia mulher! Que perdoava tudo, menos que lhe mordessem na reputação das filhas. Estavam casadas, e muito bem casadas! Quem quisesse falar de marafonas, falasse das de Vila Velha. E desancava a outra, com estas razões.

Feitais, embora não pusesse as mãos no fogo pela honra de ninguém, gostou do correctivo. A Gomes a dar lições de moral! Por que boca nos mandava Deus a verdade!

Os sessenta e cinco anos da Melra é que não eram para semelhantes avarias. Quinze dias depois do barulho, de tão magra e desfigurada, metia pena.

– Você que tem, Ti Joana? Anda tão desolhada!...

– Nem sei. Dores no corpo, sem nenhuma vontade de comer, quebrada...

A Melra fora sempre como aço. A ter os filhos, era um ai que lhe dava; ao mato, punha cada carrego à cabeça, que até as mais se envergonhavam; a segar, enquanto as outras faziam cinco, fazia ela dez. Forte! Também lhe comia e bebia como uma valente. O homem, o Inácio, quando iam às feiras, já sabia: onde ele virasse um copo, ela virava outro. Uma mulher de armas! Mas, desde a tosa na Gomes, nem uma candeia, sem azeite, a apagar-se.

– Lá o que tenho, Deus é que sabe. Agora que não é coisa boa, não. Dói-me tudo, repugna-me a comida, sinto palpitações…

O Inácio, que também estava na casa dos setenta, e se sentia cada vez mais duro, no cerne – garantia ele –, não entendia aqueles flatos. Porque eram flatos, sem dúvida nenhuma.

– Eu não sou mulher de flatos! – protestava a Melra. – Quem pariu doze filhos como eu pari, sem um desejo, sem uma palavra que se ouvisse na rua, não é de flatos!

– Pois olha que ou eu me engano muito… – insistia o Inácio. – Que há-de ser?

Na cabeça da Melra andava um diagnóstico à espera de se escapulir. E numa hora de maior fraqueza abriu-lhe a portinhola:

– Até já me lembrou… Cala-te, boca…

– O quê?

– Que me fizessem qualquer bruxaria…

– Deixa-te de maluquices e vê se tens propósito! Só cá faltava mais essa!… Valha-te Deus!

– Eu sei lá! Sinto-me tão cansada, tão moída…

– São flatos. Não é mais nada.

– E tu a dar-lhe!

As noites eram grandes e o Inácio tinha tempo de aturar a mulher. Encheu-se de paciência e pôs-se a meter um pouco de rigor masculino naquele juízo avariado. Não havia feitiços. O povo, ignorante, é que acreditava nesse e noutros disparates. Pusesse os olhos nas pessoas de certa categoria… Nunca se ouvira dizer que a senhora Fulana ou o senhor Sicrano andassem com o diabo no corpo. Só a gente baixa, coitada, por falta de instrução… Palavra de honra! Estava absolutamente convencido…

A Melra borrou-lhe o discurso:

–Diz-lhe que não. A Deolinda começou também assim, que eram maleitas, que eram febres intestinais, que eram sífilis, e vai-se a ver, tudo mandingas da Leopoldina.

O Inácio riu-se. Coitada da Leopoldina! O poder dela era tanto como o dele. E que motivos dera ela à Leopoldina para lhe fazer mal?

–A ela nenhuns.

–Então, já vês…

–Pois olha que não se me tira do pensamento…

–És teimosa!

–Serei. O pior é o resto… Seco-me de dia para dia…

Diante daquele argumento, o Inácio coçou a cabeça. Lá que a mulher se sumia, sumia. A Leopoldina é que não era para ali chamada. A que título?

A Melra concretizou então numa clara luz as penumbras da sua intuição.

–Por incumbência da Gomes. Tão certo como Deus estar no céu! Não se largam. Umas amizades, uns namoros…

–Lá vens tu com enredos, mulher! Trata de dormir, e amanhã vai ao Paliteiro que te venda sal amargo e toma-o. Isso ou são flatos ou é estômago sujo.

A Melra, apesar do purgante, não melhorou. E como tivera aquele grande barulho com a Gomes, e agora a Gomes não saía de casa da Leopoldina, aqui-del-rei que andava enfeitiçada.

–Tenho a certeza! Até dou conta quando me estão a coser a andilha! Acordo de noite com os alfinetes cravados no corpo!

–Valha-te um burro, mulher! Reloucaste. Depois de velha, reloucaste!

–Eu sinto! Eu sinto elas picarem o mono.

–Que mono?!

Só ao cabo de grandes explicações é que o Inácio veio a saber do que se tratava. Era pelos modos uma figura de pano, que representava a pessoa a desgraçar, onde a bruxa fazia os malefícios. Judiaria feita no boneco, era tal e qual como se fosse em nós.

– Estás num lindo estado, sim senhor! E tão sã que tu eras do miolo!

A Melra, obcecada por aquela ideia, nem ouvia as ironias do homem.

– E é que dão cabo de mim, as coiras! Uma agonia, não se me abre a boca para nada, uns apertos no coração...

– Bem, se até amanhã não melhorares, vou-te buscar o barbeiro. Que hei-de eu fazer?! Assim é que não podes ficar. E que venha a Emília tratar de ti.

O curandeiro da Azoia, chamado e posto ao corrente do que se passava, auscultou, apalpou, virou, receitou uma garrafada e prometeu a cura. Qual o quê! A Melra sentia-se cada vez pior.

– Bota-te à serra a casa da santa, se me queres viva! Leva-lhe uma camisa minha e conta-lhe tudo.

O Inácio, então, resolveu cortar o mal pela raiz. Iam mas é no dia seguinte à Vila, consultar o Dr. Amaral. Santa! Santa estava a mulher da caixa dos pirolitos.

Deitou-se nessa firme resolução, e acabara apenas de adormecer, quando, repentinamente, a Melra piorou. Foi-lhe fazer chá de cidreira e deu-lho. A doente pareceu melhorar. Mas passadas algumas horas, já de madrugada, estava ele a pegar no sono outra vez, a Melra deu um grande grito.

– Ai, que aquelas grandes putas atravessaram-me a alma! Ai! que eu sinto-me estrafegada! Ai Jesus, que eu morro! Ai...

O Inácio ergueu-se dum salto.

– Sossega, mulher, sossega! Valha-me Nossa Senhora! Palavras. A infeliz ficara-se-lhe já.

Doido, sem um gemido que lhe abrandasse o desespero, tal e qual como saíra da cama, em ceroulas, correu para a rua, desvairado, à procura de um socorro impossível. Num relâmpago desandou a chave e levantou o gravelho. E, mal puxou a porta, caiu-lhe aos pés um manipanso de farrapos todo cravado de alfinetes e com um grande prego de caibro espetado no sítio do coração.

A Paga

As falas doces com que o Arlindo levava a água ao seu moinho não lhas ensinara o pai, não, que era um santo. Mas vá lá fiar-se a gente em sanguinidades! Famílias boas, sãs, dão às vezes cada filho que até se fica maluco. Ali estava à vista de todos, a demonstração. Sem maus exemplos em casa, nado e criado numa terra limpa como Vale de Mendiz, e Deus nos defendesse de semelhante boldrego! Rapariga em que pusesse o sentido, pronto. Tanto fazia saltar como correr: tinha que ser dele. E então não se contentava com qualquer! Só lhe apetecia o melhor.

Mesmo no povo, desgraçou a Arminda, uma cachopa tão dada, tão bonita, que cortava o coração vê-la depois, desprezada de toda a gente e comidinha dos males que lhe pegou. Em Guiães, foi a filha do Bernardino, pelos modos a coisinha mais jeitosa que lá havia. Em Abaças, escolheu a Olímpia, uns dezanove anos que nem uma princesa.

Mas nenhuma como a Matilde, o ai-jesus de Litém. Descobriu-a na festa de S. Domingos, e já não a largou. O Rodrigo, o melhor amigo dele, bem o avisou: – Olha que ali, tudo o que não seja nó de altar...

Não quis saber. Rapou do harmónio e abriu-o numa gargalhada.

– Borga, rapaziada! Haja alegria!

O poviléu, que não quer senão pândega, claro, a ro-deá-lo, embasbacado.

Ora, isto de mulheres é o que se sabe. A tola, só por ver um fadista daqueles a derreter-se por ela, já pensava que tinha ali o rei de Portugal! A tia, a do Rito, no caminho, ainda lhe perguntou se não sabia que menino ele era. Sabia, e que ninguém se afligisse por via dela. E logo no domingo seguinte, à tarde, toda desenganada a dar-lhe treta na fonte.

Moveu-se o povo. Tivesse tento na bola! O mundo nunca parira rês de tão má qualidade. Ou já se não lembrava do que acontecera às outras?

Nada. Não ouvia ninguém. O que lá ia, lá ia. Águas passadas não tocavam moinho. O rapaz assentara, falava-lhe com todo o respeito, e, tão certo como dois e dois serem quatro, recebia-a.

O manhosão, por sua vez, que também não havia dúvidas nenhumas a tal respeito. Mal arranjasse a vida, casamento.

O mais mau é que ninguém lhe via arranjar essa tal vida. O Alfredo, o moleiro, a pedido de Litém, sondou a coisa em Vale de Mendiz, e voltou desanimado. Arraiais, tocatas, danças, e nada de onde se visse sair propósito de coisa séria. E como o namoro ia de vento em popa – um entusiasmo, uma loucura –, Litém, pela boca do prior, chamou a rapariga à pedra.

Pensasse no que andava a fazer. Fugisse das tentações. Desse uma cabeçada, e depois se queixasse. Tivesse vergonha na cara e tratasse de pôr os olhos num rapazinho da terra, honrado e trabalhador.

Mas a Matilde andava viradinha do miolo. Jurava sobre as falas do Arlindo como sobre os Evangelhos. Assim tivesse tão certa a salvação como ele nunca tentara pôr-lhe um dedo e só lhe falava em bem.

Com semelhante conversa, Litém resolveu aguardar. Não há como dar tempo ao tempo e deixar cada qual aprender à sua custa.

E viu-se o resultado. Um dia à noite, a Matilde prega-se em casa da Lúcia, põe-se a chorar, a chorar, e acaba por declarar tudo: o ladrão tinha-lho feito. Tantas loas lhe cantara, tantas juras, tantas promessas, que caíra como uma papalva.

Mas com quem o Arlindo se foi meter! Com os de Litém, gente capaz de limpar uma nódoa com as lágrimas de Cristo! Fiava-se talvez em o pai da rapariga ter idade e os dois irmãos, o Cândido e o Albino, estarem no Rio. Ora oitenta anos em Litém não tolhem um homem, e o mar já não é o que era dantes!

O Justo, no desejo de compor aquilo, ainda o procurou, a saber que destino queria dar à filha. Meteu os pés pelas mãos, que não podia casar agora, que as vidas estavam muito más, e mais aldrabices. Olha lá que o velho lhe dissesse nada! Calou-se muito calado, virou-lhe as costas, e, nesse mesmo dia, carta para o Brasil.

Entretanto, a nova fora-se espalhando pelas redondezas. E ao cabo de algum tempo o nome da Matilde simbolizava apenas a façanha mais atrevida e gloriosa do farçola de Vale de Mendiz.

– Não as deita em cesto roto! Isso é que ele pode ter a certeza! – garantiu o Brás, que sempre acreditara numa justiça imanente. – Tantas há-de fazer...

– Já fez... – respondeu-lhe o Rodrigo, que, embora amigo e companheiro do Arlindo, não engolia aquela de se ter enganado. – Com os de Litém ninguém brinca...

Em Março, quando Vale de Mendiz se cobriu de camélias e mimosas, o Alfredo, à frente do macho carregado de sacas, deu a grande notícia: os filhos do Justo tinham chegado do Brasil.

– Os dois? – perguntaram todos. – Os dois de uma vez?!

– Olarila!

– Então o Arlindo que se acautele.

Mas nada parecia bulir naquele princípio de Primavera. A Matilde há muito que calara as lamúrias; o pai, a todos que lhe falavam no caso, respondia secamente que a filha dele não era melhor do que as demais; e os irmãos encheram a irmã de prendas, tratavam-na como uma rainha, e nem por sombras falavam no sucedido.

– A mim até a alma se me apertava com tal sossego – dizia de vez em quando o Rodrigo. – Os de Litém engolirem uma pastilha assim!

– Que pastilha?! Eu quis, a rapariga quis, quem tem lá nada com isso?

Farroncas. No fundo, também ele, Arlindo, andava de coração como a noite. Bem sabia que não se vem de repente do Brasil sem uma razão qualquer, e que se quisessem resolver o caso a bem já o teriam procurado.

Entrou Abril, passou Maio, principiou Junho, e o mesmo fado corrido.

– Estou varado! – desabafava o Rodrigo. – Palavra que estou varado!

Mas em Agosto, no dia de S. Domingos, quando o Arlindo estava nas suas sete quintas – ó Arlindo, toca lá isto, ó Arlindo, toca lá aquilo! –, chega-se o Rodrigo ao pé dele e segreda-lhe:

– Os Justos de Litém estão aí. O pai e os filhos...

Os dedos do meliante até se pregaram às teclas da sanfona.

– E ela?

– Ela veio cá o ano passado, e bem lhe chegou...

Já tinha saído a procissão e quem rodeava a estúrdia enchia os ouvidos de som para o regresso a casa. E, como a música esmoreceu, foram debandando e descendo a serra. Agora a festa era para os que tivessem contas velhas a ajustar.

Começou então no adro um drama surdo, só interior. Os dois companheiros do Arlindo, o Rodrigo e o Gaspar, embora estroinas também, não estavam dispostos a arriscar um cabelo naquele sarilho.

– Quem as faz que as desfaça – dizia o Rodrigo, sempre que lhe falavam no caso.

E o Arlindo, à medida que a roda ia diminuindo, tinha a estranha sensação de que todos fugiam dele e o deixavam sozinho no mundo. Na ânsia de os reter, mudava de música. Pior. A instabilidade das melodias pegava-se à assistência.

Os Justos, sentados no fundo da escadaria, como a impedir-lhe a retirada, não mexiam um dedo. E a rarefacção do povo era ainda mais opressiva.

Começava a cair a noite dos lados de Constantim. As últimas vendeiras tinham partido já. A pipa de vinho, que o Pé-Tolo tivera à sombra do sobreiro, descia o monte vazia, aos solavancos no carro.

Ao fim de duas horas de suores frios, durante as quais o Arlindo puxara pelo harmónio como um galeriano, os Justos ergueram-se e deixaram a passagem livre.

– Bem, vamos andando... – disse o Arlindo, exausto. – Os homens não querem nada...

– Parece que não...

Meteram-se os três a caminho, aliviados duma carga que pesava a vida do Arlindo. Só no fundo do monte, quando o Rodrigo olhou para trás, é que viu que os Justos vinham em cima deles, calados.

– Isto dá grande desgraça, eu seja cego – avisou o Gaspar, transido. – E, se fosse por outra coisa, tinhas-me aqui. Assim, não. Lá te avém...

Iam já nas matas do Infantado, quando os perseguidores cortaram por um atalho e se chegaram.

– Queremos uma palavrinha em particular aqui ao senhor Arlindo...

O Rodrigo, numa irresistível solidariedade humana que se tem com qualquer condenado no momento da expiação, ainda arranjou coragem para refilar:

– Três para dizerem uma palavra a um homem só?!

Mas, sem mais rodeios, um dos Justos deitou as mãos às abas do casaco do Arlindo, enquanto os outros dois, de pistola na mão, insistiam numa palavrinha muito em particular àquele cavalheiro. O Rodrigo e o Gaspar, à vista de tais argumentos, foram andando.

E no dia seguinte, de manhã, o Arlindo entrou em Vale de Mendiz numa manta, capado.

Inimigas

Desde o arraial da Senhora da Fraga que a Cacilda e a Sofia se não podiam ver. Até ali, muito amigas, sempre agarradas uma à outra, como irmãs. Mas meteu-se a ciumeira entre elas, e aquela amizade foi um ar que lhe deu. Fiadas no paleio do Augusto, a prometer um tostão a uma e cinco vinténs a outra, pareciam cadelas ao mesmo osso. Não saberem que quem é homem diverte-se, e que em coisas assim o melhor é fazer das tripas coração e deixar correr! Qual o quê! Puseram-se a dar ouvidos aos vinte anos, e, não é nada, faziam lume mal se encaravam.

Na tal noite da zanga, andavam juntas no adro, felizes da vida, a comer peras e a beber limonada, quando o rapaz se aproximou, se eram servidas de qualquer coisa. Que muito obrigadas, mas que não tinham fome nem sede.

– E uma prenda?

Que aceitavam, já que estava tão daimoso.

Ora, o Augusto, na escolha dos ramos de rebuçados, teve tais artes, que só com a quadra que neles vinha encheu as duas da miragem dum amor sem misturas. Umas patetas! O certo é que, mal o rapaz tirou a Sofia para dançar, a Cacilda ficou como se lhe tivessem dito que o fim do mundo era naquele instante.

Os arraiais da Senhora da Fraga são um bota-fora a noite inteira, com duas músicas a estrondar, uma de cada lado da capela. Fogo, nem se fala. Até de Sanfins se pode ver o céu de Faiões, sem um minuto de intervalo, aberto de claridade. Coisa rica! Pipas e pipas de vinho debaixo da carvalhada, e do melhor, que parece que todos capricham nisso, tascas de fritos, mesas de cavacas e de refrescos, medas de regueifas, carros de melancias, um louvar a Deus. Fartura de tudo para quem tiver conques. De maneira que quem diz: vou ao arraial da Senhora da Fraga e vai, já se sabe que não arranca de lá antes do alvorecer. Por isso, até a Santa estremeceu no altar quando a Cacilda, a todo o pano, que se ia embora. Perguntava-lhe a Ti Constança, abismada:

– Que mosca te mordeu, rapariga?! Tu estás maluca ou quê?!

Felizmente que o Augusto valeu àquilo, arredondando a fala e convidando-a também.

Toda babada por dentro, que não, que não dançava. Rogasse outra vez a Sofia. O rapaz insistiu, e o que foste fazer! Agarrou-se a ele e atirou-se à cana-verde que parecia um pé-de-vento! De madrugada, comiam-se uma à outra.

E valia a pena! As palermas a adorá-lo, a quebrar lanças pelo grande adereço, e o ladrão de caçoada! Ainda o cheiro dos foguetes andava pela serra a cabo, já os banhos dele a correr em Favaios com uma de lá!

Cuidaram todos que, morto o bicho, morta a peçonha. Oh, oh! Nem assim deram o braço a torcer! Engoliram a desfeita e ficaram como dantes, se não pior. E mutuamente a atribuírem-se as culpas de o Augusto bater as asas! O grande prejuízo! Que valia ele mais do que os outros! Nada. E a prova disso é que não tardou muito estavam casadas, com dois rapazes bem jeitosos, de resto, o Alberto e o Raimundo. Que queriam mais?

Mas meteu-se-lhes aquela cizânia no corpo, que mesmo depois de o verem arrumado e de se arrumarem também, continuavam a ferro e fogo.

Na boda de ambas ainda houve quem tentasse fazer as pazes. Bondou de bem! Danadas!

Como a Sofia se recebeu primeiro, disse-lhe a Rosa:

– Eu, se fosse a ti, convidava a Cacilda... Fostes tão amigas na mocidade!...

Que a não queria ver nem pintada numa parede. E logo naquele dia, de mais a mais! Uma falsa, que se lhe atravessara no caminho como uma ladra! Não. Havia ofensas que nem à hora da morte...

E a Cacilda, quando lhe chegou também a vez, por sinal na mesma semana – o povo dizia até que elas andavam ao desafio –, mal a Pirraças lhe falou na Sofia, credo, mudou de cor e perguntou muito a sério se lhe queriam estragar a festa. A escândula que tinha da outra ia com ela para a sepultura.

Com tal gente, bom dia! É não fazer caso e deixar correr. Dar tempo ao tempo, que cura meadas e embranquece os cabelos.

Tal e qual. Não tardou muito, nove meses contados, mais coisa menos coisa, tudo se compôs a contento de Faiões.

Certas como relógios, o Abril a cair, e cada uma com o seu menino. Mas a Sofia esteve tão mal, tão doente, custou-lhe tanto o dela, que ninguém a julgava. Febres, acidentes, albuminas, que foi preciso vir o médico, e mesmo assim esteve desenganada. Leite para o filho, viste-o. Sequinha como as palhas! O infeliz chupava um pano molhado em água açucarada, que a Rosa lhe chegava à boca, engolia uma pinga de leite de cabra, cortado, e viva o velho! Mirradinho de todo.

A Cacilda soube do caso ainda antes de se erguer. Nas terras pequenas, as boas e as más notícias entram pelas frinchas da parede. E já com outra humanidade na alma, mãe de todos os pimpolhos do mundo e solidária com todas as mães amigas ou inimigas, mandou chamar a Rosa e pôs-lhe as fontes do peito à disposição. Com uma condição apenas: que a Sofia não soubesse. À laia de passear o menino, lho levasse lá. E ela havia de ver como o pequeno arribava, que tinha leite naqueles seios que chegava para um regimento. Até lhe doíam.

Assim foi. A Sofia, a poder de remédios e mais remédios, ia tendo mão na vida. E enquanto ela dormia, desmaiava, ou estava para ali amodorrada, a Rosa era como o vento: agarrava no garoto e corria para casa da Cacilda a fartá-lo.

Até que a Sofia arribou. Levantou-se muito fraca, muito amarela, e quis dar de mamar ao filho. Já podia.

Mas, quando foi abrir a blusa e pôs à mostra as duas bexigas secas, nem o catraio as quis, nem a Rosa consentiu que lhas metesse na boca.

– Guarda lá isso, mulher, que até o podes envenenar! Eu lhe darei de comer. Olha que à fome não morre.

Humilhada, a Sofia começou a chorar. E ainda mais desespero sentiu, pouco depois, ao ver a criança espernear nos braços da Rosa, recusar a chupeta e começar num berreiro de atroar os céus. O seu rico filho estava doente. Nem comer queria!

A Rosa é que não atribuiu grande importância à birra, como lhe chamou. A criança precisava de sair um migalho, de apanhar sol… Ia passeá-la.

A Sofia ficou só, cheia da sua mágoa. Nunca fora fortalhaça, como a Cacilda, mas sempre esperara poder criar um filho, se Deus lho desse. Afinal… E por via disso o menino tinha de beber à sobreposse leite de cabra, que se calhar lhe fazia mal. Valha a verdade que não estava magro… Contudo, sempre era criado como os enjeitados. Que alegria para a Cacilda!

Malucava nisto, quando a Rosa entrou com o rapaz, calado e sonolento.

– Vamos experimentar outra vez?

A Rosa respondeu que sim, que ia encher a mamadeira... E nunca mais voltou.

Como o menino não chorava e se lhe ferrou a dormir no colo, a babar-se, a Sofia desconfiou. Ali andava segredo.

No meio da tarde, cansada, a doente foi-se deitar e pegou no sono. A criança lá estava no berço, rosada como um anjo.

Apesar de adormecida, a Sofia continuava na sua grande labuta. A maternidade incompleta doía-lhe na raiz do instinto. E via no sonho o pequeno mirrar-se de fome, vítima inocente de uma mãe que o não era. Ofegante, tentava libertar-se do pesadelo. Não conseguia. Cada vez mais sumido, esquelético, o infeliz acusava-a com os seus grandes olhos negros, que cintilavam da escuridão de umas órbitas fundas como poços.

Num grito de terror, acordou. E deu pela falta do filho.

– Tia Rosa, o menino? – perguntou, aflita.

Respondeu-lhe o homem, da cozinha:

– Tenho-o aqui ao colo... Vê se dormes.

Cresceu-lhe a desconfiança.

E no dia seguinte, pé ante pé, ainda a cair de fraqueza, quando a Rosa foi dar um dos tais passeios ao garoto, seguiu-a. Da esquina da rua viu-a chegar à eira e entregar o miúdo a Cacilda, que estava sentada ao sol.

Aproximou-se. O pequeno parecia um bacorinho no peito da inimiga. E, quando as outras deram conta, estava ela de pé, maravilhada, a dizer:

– Olha lá se me engasgas o rapaz, ó Cacilda!

Solidão

Para ter a mulher farta e mimosa, o Duro batia a montanha de cabo a rabo. Madrugava e chegava a Vila Pouca ao romper do dia.

– Tem milhão?

– Tenho.

– A como quer por ele?

– A catorze.

– Olha a catorze! Vossemecês endoideceram...

– Não fomos nós, foi o Governo. Com que se hão-de pagar as décimas, se não com o cibo da novidade?

– Mas é muito dinheiro!

– Nem menos um real.

– Não. Tem que me deixar isso mais barato. Pago-lhe a treze.

– Tenha juízo!

– Treze e meio, vá!

Agarrava-se ao vendedor como uma carraça. Que lhe havia de tirar qualquer coisinha, pois então! Assim as almas tivessem a paz no céu como não ganhava um vintém se o levasse por aquele preço. Perdia, mas é.

E, ao cabo de duas horas, carregava os machos e metia-se a caminho com vinte ou trinta mil réis de ganho.

Chegava a casa pela noite adiante, quando os cães

uivavam que se danavam nas eiras cobertas de palha centeia e de luar, ou o céu se desfazia em água e a escuridão era como breu. A patroa, já deitada.

Descarregava, desaparelhava e pensava os animais, ia à cozinha comer o caldo, e chegava-se ao calor da cama. Às vezes, o corpo, mesmo assim quebrado, pedia-lhe uma tolice. E encostava-se à mulher. Mas raras vezes ela o atendia. Enfastiada, cheia de sono, resmungava que se arredasse para lá, que vinha gelado. Contra a vontade da carne, dava-lhe razão. E de manhã, ainda o sol se espreguiçava nos quintos, ala morena, que a vida dum almocreve é vida de judeu errante.

Botava-se a Vilar Seco.

– Tem centeio?

– Tenho.

– A como quer por ele?

– A dezasseis.

– Olha a dezasseis! Vossemecês não estão bons da cabeça...

E às tantas da madrugada aí atravessava ele o povo, Guiães, com os machos carregados de tal maneira que pareciam pavões armados.

Mas à custa de noitadas, de molhadelas, de nevões, de fome e sede pelas serras além, a descer da Terra Fria o pão da Ribeira, o Duro tinha a casa testa do bom e do melhor, e a dona dentro dela como um bicho-da-seda no casulo. A Isaura fora sempre o seu fraco. Desde muito novo que a trazia na ideia. O diabo era ser meio senhora e andarem todos atrás dela, mais a mim, mais a mim. Por isso, sempre cuidou que não levava nada de ali. E, quando lhe bateu à porta e viu que o atendia, jurou de a tratar sempre como uma princesa.

– Aquilo não é parelha para ti, rapaz! – dissera-lhe a Gorda, grande amiga da Isaura, na altura em que, com grandes rodeios, tentava apalpar o terreno.

Fez que não entendeu. Pois sim. A Gorda é que sabia o que lhe convinha! Não. Pelo menos atirava o barro à parede... E, muito embora em coisas de amor fosse sempre acanhado, no S. João fez a barba, aperaltou-se e, na roda, assim que a rapariga mudou de par e lhe calhou, fez das tripas coração. Se o queria. E não é que ela diz que sim?! Foi o dia mais feliz da sua vida. Daí a uns meses casavam, e o Duro, para ter aquela prenda tratada como merecia, suava as estopinhas.

Só descansava aos domingos. E mesmo assim ia à missa à Senhora da Amoreira ao romper de alva, para se encontrar com os da Arcã, da Garganta e de Paredes, terras de muito cereal. A brincar, a brincar, matava dois coelhos de uma cajadada: ouvia o padre Serôdio e apalavrava meia dúzia de alqueires.

A Isaura, essa, mais fidalga, erguia-se tarde, e às onze é que atravessava o povo em direcção à igreja, de bom cordão ao peito, solene como uma santa no andor. E o Duro, enquanto tratava dos machos ou dava um ponto na albarda, regalava-se todo de a ver passar assim, muito azada, bonita, a meter inveja ao sol.

– Tenho gosto nela, para que hei-de negar? – confidenciava de vez em quando ao Luciano, almocreve também.

– És um babado!

– Ela merece-o...

– Tu lá sabes. Em todo o caso... As mulheres são muito várias! A gente cuida uma coisa...

O Duro protestava. Um homem não se casava para andar sempre com uma aguilhada na mão, pica que pica, desconfiado. Que diabo! Nem era justo medir tudo pela mesma rasa. Claro, não se respeitando um ao outro... Agora se os feitios calhavam, não havia nada mais bonito. Um desgraçado passar o dia inteiro como um ladrão pelas serras, farto de caminhos e de seixos, e chegar à noite a sua casa...

– Casa! Casa... Sabe-se lá o que é melhor...

Como uma aragem imperceptível, a dúvida passou pelo Duro sem o tocar. E porque a hostilidade das penedias apertava o corpo de encontro à alma, numa cautela instintiva, os companheiros fecharam-se na sua concha e entraram silenciosos em Folhadela.

– Tem milhão?

No regresso, o Duro ao chegar à cama desejou mais fortemente a mulher. À fome da carne juntara-se um apetite novo, uma necessidade infantil de refúgio e de protecção. Mas, quando de natureza em fogo se chegou a ela, bateu em gelo. Dormisse, que tinha de se erguer cedo.

Um migalho ressentido, adormeceu. E de madrugada, ao acordar, sentia-se roído por uma inquietação que até ali nunca conhecera.

Pela serra a cabo, sem poder aguentar mais aquele sofrimento, renovou a conversa do dia atrás. E o Luciano, como na véspera, atirou lealmente à incompreensão escorregadia dos fragões a semente teimosa da insinuação.

– É melhor a gente não falar nisso. Mulheres e mulas...

Iam buscar centeio a Pinhão Celo, e tiveram de dormir em Alifafe. O Duro não era homem de muito vinho. Contudo, à ceia, para abafar a amargura que o afligia por dentro, carregou-lhe. O Luciano, esse nem se fala. E às duas por três estavam ambos como carros.

Deitaram-se tarde, na mesma loja onde os machos rilhavam grão. E da negrura da borracheira, numa purificação universal, que um proclamava heroicamente e o outro covardemente aceitava, saiu a triste claridade da desgraça do Duro. Era corno. Entre recriminações, pragas e vómitos, o Luciano foi despejando o saco. Punha-lhos o Carlos, evidentemente. Pois se já em solteira o metia dentro do quarto! O que é, puta como uma rata, Jesus, honradez maior não havia!...

Apesar de o atravessarem de lado a lado, o Duro sentia mal as facadas do Luciano. O vinho, como uma almofada caridosa, amortecia a dor dos golpes. Em carne viva e anestesiado ao mesmo tempo, lúcido e entorpecido, tudo se passava como se um trágico pesadelo o atormentasse na aparente realidade de um sonho. O certo e o incerto ofereciam-se-lhe com a mesma desfaçatez movediça. E tentava soltar-se das malhas invisíveis que o prendiam, na ânsia de cindir de uma vez os campos da verdade e da mentira. O álcool é que não deixava. Quanto mais ele pressentia a fundura das palavras do companheiro, mais aliciante era a volúpia da incredulidade a correr-lhe nas veias. E, sem poder tirar a limpo o exacto sentido do que ouvia, numa paralisia da vontade, adormeceu.

De manhã sabia-lhe a vida a podre, a um gosto repugnante de fel. Contra o costume, ergueu os machos a pontapés. E, sem dizer uma palavra ao colega, que ressonava ainda, tocou vazio para Guiães.

Vinha cego, cheio dum ódio calado, espesso, que o tomava todo, desde a cabeça aos pés. Nem as cinco léguas do caminho rarefizeram aquilo. Entrou em casa a estoirar de desespero, tal e qual saíra de Alifafe. E, quando a mulher ia a abrir a boca, espantada da sua presença súbita e mal-encarada, sangrou-a à navalha como quem sangra um porco.

Penitenciária. Os três juízes da Vila, muito formalizados, muito sérios, deram a sentença como se fizessem uma justiça mais humana e mais pura que a do Duro. E o almocreve, em pé, recebeu-a sem pestanejar. Que mais lhe fazia viver na cadeia ou em Guiães, solto ou preso, às grades ou pelas serras a cabo? Tanger machos, calcorrear caminhos, cozer o corpo ao sol e às geadas, tem sentido se nos espera ao lume ou na cama quente a presença de alguém.

E, numa tarde de invernia, lá se foi cumprir a pena.

Guiães, na pessoa do Luciano, despediu-se dele melancolicamente:

– Se eu soubesse que isto dava uma desgraça assim, nem te dizia nada...

Mas acrescentou, num dilema pessoal, de homem honrado:

– Que também, para falar francamente... Olha, eu cá fazia o mesmo!

O Duro ouvia o amigo com a atenção distante. O frio que sentia na alma tirava a significação a tudo.

E Guiães não insistiu. Vinte anos depois, só porque em frente da casa onde se dera o crime, na parede do quintal, havia umas alminhas, é que os mais velhos recordavam o almocreve, a explicar a pedra aos filhos.

Um dia, porém, o Duro regressou à terra. Muito mudado no aspecto e no feitio, falou a todos, perguntou por tudo, num desejo diligente de fraternidade e de recuperação. E Guiães olhou-o com desconfiança. Quê? Regressara? Então não morrera por lá?!

Tornado apenas legenda, e legenda em vias de esquecimento, ninguém o desejava novamente palpável na sombra que pouco a pouco se esbatia.

Assim mesmo, fora do tempo, sobrevivente incómodo de uma catástrofe que o destruíra, abriu a casa, deixou entrar o sol pelas janelas, comprou um macho e retomou a vida. Os próprios troncos cortados florescem, às vezes.

– Tem milhão?

– Tenho.

– A como pede?

– A trinta.

– Valha-o Nossa Senhora. A trinta! Olhe que eu não o vou roubar! Ande lá, deixe-mo a vinte e seis. O pão está a descer... Ainda ontem o paguei em Sangunhedo a vinte e cinco e meio...

Seguia as passadas do velho Duro, sem o ser. E não há falência maior do que imitar o passado, mesmo que seja o nosso. Não lutava por nada, e o seu esforço soava a falso. Além disso, como o Luciano, cheio de reumatismo, já não negociava, e nenhum dos novos queria emparceirar com ele, quando entrava num povo, desacompanhado, apenas com o macho atrás e o espantalho do crime adiante, as portas fechavam-se-lhe na cara. Ninguém o atendia. Voltava a Guiães de mãos a abanar.

Na Consoada, sem poder aguentar mais o frio daquela maldição humana, falou em casamento à Rosária, uma pobre desgraçada que se entregava ao primeiro que a requeria. Estava a entrar nos quarenta e cinco. Não era velho ainda. Se ela quisesse...

– Para você me fazer o que fez à outra!

Calou-se. Responder, para quê? E foi para casa encher sozinho as quatro paredes da sua solidão.

Na manhã seguinte, dia de Natal, desesperado, meteu-se pela serra acima. Para onde ia? Sabia lá! Que o levasse o macho, à ventura.

O macho, num chouto demorado de agonia, levou-o pela montanha além até Alifafe.

Pelas terras onde passava, Cristo nascera no coração de todos. Cepos a arder, danças, foguetes, e um ar lavado e festivo no corpo e na alma de cada um. Mas viam-no, e mudavam de semblante.

Passava das onze da noite quando se apeou à porta da estalagem.

E na trave da loja onde o Luciano, bêbado, lhe secara na alma a razão de viver, com a corda da carga, enforcou-se.

A Ladainha

Mal o pessegueiro da horta do Manuel Rosa se cobriu de flores e a sineta da capela se derreteu a chamar, Jurjais despegou dos campos e foi responder às rogações do padre Lourenço.

– *Sancta Dei Genitrix...*
– *Ora pro nobis...*
– *Sancta Virgo Virginum...*
– *Ora pro nobis...*

Era a ladainha da Primavera.

A voz do abade, grossa, sonora, sozinha, saía do caminho, metia-se às matas, enrodilhava-se na rama dos pinheiros, passava, e ia perder-se ao longe numa encosta de centeio. E atrás dela, torrencial, a cilindrar o que resistira à passagem da primeira levada, a do povo, feita de quantas bocas de caldo havia no lugar.

– *Sancta Maria Magdalena...*
– *Ora pro nobis...*

Lenta, a mole de gente arrastava-se pela serra acima a esmoer a corte celestial. E deixava atrás de si uma densa atmosfera de som, de paz, de coisa purificada.

– Sancta Agatha…
– Ora pro nobis…

Os montes era um gosto vê-los. Cobertos de urze, roxos, tinham perdido a força bruta que o Janeiro lhes dera. O céu, sem nuvens, varrido, cobria-os como um tecto de cetim. E os ribeiros, que os sulcavam de frescura, pareciam veias fecundas dum grande corpo deitado.

– Sancta Lucia…
– Ora pro nobis…

Ao ritmo cadenciado de cada invocação, o cortejo ia seguindo. E a atrasar um passo aqui e além, no meio dele, alheios àquele rol de bem-aventurados que gozavam no paraíso, tolinhos de amor um pelo outro, cegos, o filho da Etelvina, o Carlos, e a filha do Zebedeu, a Rita.

– Sancta Caecilia…
– Ora pro nobis…

O rio de povo, como um Doiro de som, continuava a subir. Depois do moinho dos Seixos, a mata da Lamarosa; passada a bouça do Infantado, os amieiros da Fonte Fria.

– Sancta Catharina…
– Ora pro nobis…

As primeiras casas de Arcã, cobertas de colmo, surgiram subitamente na volta do talefe.

– Sancta Anastasia…
– Ora pro nobis…

O badalo frenético que os reunira calara-se há muito. Mas acordava de novo, agora a ladrar alarmado no campanário da terra visitada. A avalanche entrava na povoação.

— Per sanctam ressurrectionem tuam...
— Libera nos, Domine...

A voz do padre mudou de tom.

— Ut fructus terrae dare et conservare digneris...

Qualquer coisa que adormecera, embalada pela melopeia benta, estremeceu. Foi preciso o coro subir dois pontos para a harmonia voltar.

— Te rogamus, audi nos...

A ladainha chegava ao fim. A sineta parecia doida. Aos que vinham, juntavam-se os que esperavam. E o mar humano invadiu a igreja.

— Agnus Dei, qui tollis peccata mundi...
— Miserere nobis...

Seguiu-se um salmo de David. E ao cabo dele, e de algumas orações complementares, no momento em que todos se dispunham a voltar pela serra abaixo à procura de pútegas, quem é que tinha visto o filho da Etelvina, o Carlos, e a filha do Zebedeu, a Rita, que o Amarante encontrara dias antes no caminho de Alcaria, uns fedelhos, ele ainda a pintar, a sair da casca, ela com dois ovinhos no lugar dos seios, tontos, tontos, que até dava vontade de rir?

Ninguém. Por alturas de Santa Inês, reparara neles o Lapadas. Depois...

Depois, muito sorrateiros, esgueiraram-se por detrás duma fraga, e quando foram a dar conta estavam entre duas giestas floridas, tão chegados, tão alheados do mundo, que só mesmo um milagre...

Descobriu-os o Jaime, por acaso. Ela chorava, ele chorava, mas que se lhe havia de fazer?

O Vinho

Era no Agosto, à tardinha. O Abel descia aos bordos pelos montes da Borralheda abaixo, a falar sozinho:

– Sempre vais muito bêbado, Abel! Muito bêbado vais tu! Metes-te nele, bote lá mais um, Ti Margarida, bote lá mais um, pronto... Agora pareces um milhafre a peneirar. E o pior é o resto: chegas a casa e já sabes: ninguém a atura. «Olha em que estado vem este excomungado! Dinheiro para comprar os precisos, não há; mas para encher os cornos de vinho, que não falte!» Hã? É bonito, não é? Claro, dás-lhe a resposta que merece, «Cala-me essa boca, que já nem te enxergo bem, mulher! Deixa-te de cantigas, se não queres saber o gosto que o fado tem! Se bebo, bem haja eu. Quanto mais, que é que eu bebi?! Dois quartilhos. Olha a grande coisa!...» Fica danada, e continua a ladrar: «Se vês que não estás farto, eu vou-te buscar mais à venda!...»

Riu-se.

– Que me dizes à piada, Abel? Que me dizes? Aquilo é que é uma bisca!

Parou. Encostou-se a um pinheiro e abriu a braguilha. Ficou uns segundos calado, feliz, a sentir-se aliviado. De repente, alarmou-se:

—Estás-te a mijar, Abel! Estás-te a mijar pelas pernas abaixo.

Compôs-se.

—Assim, sim!

Ao som da urina a cair no chão, começou a cantar:

> Caninha verde,
> Ó minha verde caninha...

Passou gente.

—Isso é que é boa disposição!

—Regular. Emprenhei esta noite a patroa...

Riu-se outra vez. Fechou a braguilha e continuou a cantar:

> Ó de encanar,
> Encanei para o teu peito,
> Quem me há-de de lá tirar?...

Arrastado pelo ritmo da própria voz, pôs-se a dançar. Mas, apenas deu duas voltas, enrodilharam-se-lhe as pernas e estatelou-se.

—Eu bem te digo que vais muito bêbado! Não acreditas...

Tentou levantar-se.

—Quê?! Não és capaz?! Essa agora!

Coçou a cabeça, num exame de consciência.

—É o vinho! É o ladrão do vinho. Não tenhas dúvidas.

Penitente, deu a mão à palmatória.

—Foi sempre o teu fraco, a pinguita!

Coçou de novo a cabeça.

—Sabe-te bem... E afogas as mágoas... Ela é que não vai em cantigas, e a estas horas já te rezou o responso. Por isso, trata de te erguer.

Nada.

– Ai-ai, ai-ai! Estás a desconversar!

Num pânico inconformado, apelou para os seus brios.

– Então que raio de coragem é essa, camarada? Se dás parte de fraco, deixas-me ficar mal!

Insuflado de energia, iniciou terceira tentativa:

– Upa! Arriba, burro velho, que é maré. Upa!

Estava já quase em pé, mas não se susteve e caiu. Zangou-se:

– Raios te partam e às pernas que tens! Podes ir à merda e mais elas!

Estendeu-se ao comprido no chão e deu um suspiro fundo, de bem-estar. Mas repreendeu-se logo.

– Sabia-te bem a coisa, não?! Isso sei eu! E depois? E lá em casa, a senhora D. Maria?

Apesar da advertência, deixou-se ficar de barriga para o ar, a olhar o céu. Dos lados da Delegada vinha nascendo a lua cheia. Avivou a atenção:

– Já viste, Abel? Já viste a lua? Ali, pedaço de asno! Mesmo em frente. Que grande lua! E corada, a figurona! Até parece que também lhe cascou...

Contente da chalaça, e de olhos muito arregalados, esqueceu-se do tempo, a namorar aquela congestão suspensa, espapaçado na doce almofada que era o caminho duro, ainda quente da torreira do dia. De repente, perguntou:

– Mas isto é vida, companheiro? Diz lá, francamente, se isto é vida?! Não é? Então, ala, toca a andar...

Depois dum grande esforço, conseguiu sentar-se.

– Ora vês?! A coisa vai. O que é preciso é calma.

Apesar das boas palavras da razão, o corpo não foi mais além.

– É o que eu digo: estás bêbado! Queres, mas não podes.

Abanou a cabeça, desiludido.

– Sempre cuidei que eras mais valente...

Compadecido daquela miséria, numa voz íntima, terna, de quem fala a um amigo, procurou tirar alento da força da própria realidade.

– Ouve. Bebeste, bebeste, pronto: deu-te na fraqueza. Está certo. Mas a verdade é que tens de voltar para casa. Por isso, o remédio agora é fazer das tripas coração...

Nem se mexeu.

– Mau! Temos o caldo entornado! Assim, não!

A ameaça de nada valeu. A lassidão que sentia era cada vez maior. E armou-se de paciência:

– Vá lá uma cigarrada, a ver se animas. Arranjas-me cada sarilho! Não tens juízo... Depois dá este resultado.

Desenterrou do bolso do colete uma pirisca, acendeu-a e lançou para longe o fósforo de cera ainda a arder.

Com o peito cheio de fumo, consolado, voltou à carga:

– A sério, a sério, que não és capaz? Tens a certeza, Abel? A certeza certezinha?

O fósforo que atirara fora pegou fogo ao panasco seco do monte. Uma brisa ligeira que se levantara avivou a chama e pô-la a caminhar.

Conscienciosamente, alarmou-se:

– Vês? Vês o que fizeste? Agora não trates de apagar aquilo! Se te parecer, deixa queimar tudo!...

Disse, mas continuou como estava, a olhar uma touça de carqueja que começava a fumegar. Quando a labareda se abriu, excitou-se:

– Ó Abel! Ó meu badana! Levanta-te! Reage, alma do diabo!

Pois sim. Ficou no mesmo sítio, incapaz dum gesto.

Teve um rebate de sincera contrição:

– Não vales a ponta dum corno! Andas para aí a presumir, e não há pandilha maior nas redondezas. Com meia canada de tinto, estás como hás-de ir!

O incêndio, tocado pelo vento que crescia, lavrava já pelo monte a cabo.

– Olha que arde tudo, Abel. Se não lhe acodes, é um ar que lhe dá! A secura é muita... E és tu o único causador!

A lua, agora, vista através da borracheira e da sebe de lume, era uma brasa redonda. O Abel é que não se deixou corromper pela sugestão da imagem.

– Foste tu, não cuides lá! A lua está assim vermelha, mas não pega fogo ao mundo...

As labaredas não tinham parança. Sôfregas, corriam à porfia sobre o palhiço. Depois, lambido o chão, chegavam-se à casca dos pinheiros, agarravam-se a ela e trepavam pelos troncos acima como cobras. No alto, na rama, era duma bocada só.

O Abel assistia impotente àquela fúria destruidora. E, embora os olhos já lhe doessem e sentisse uma parte de si responsável perante não sabia que justiça, admirou o espectáculo.

– Lá que é bonito, é, sim senhor. Linda coisa. Um arraial e peras!

Quebrou o enlevo para limpar a alma de qualquer conivência.

– É bonito, mas... Escusas de querer encobrir. Se alguém me perguntar, já sabes, digo a verdade.

Passou um coelho espavorido.

– Viste um coelho?! Aquilo é que levava uma pressa! Ia com o rabo quente!...

O incêndio cada vez era maior. Num tojal, as lambras pareciam cabras às turras. Anoitecera, e, à medida que se toldava a luz, avivava-se mais o brasido. Os olhos do borracho, que o vinho e o clarão cegavam, fechavam-se numa teima de cortinas insubmissas. Contudo, mesmo nessa escuridão dos sentidos, o coitado lutava ainda:

– Ó criatura de Deus, lembra-te de que tens responsabilidades... Que és um pai de família... Que contas hás-de dar em casa, amanhã?

Os montes da Borralheda estavam agora transformados numa fornalha. A lua cheia, no céu, tinha uma cara larga, de abóbora iluminada por dentro.

Aos ouvidos do bêbado começaram a chegar, indistintos, sons tresmalhados. Prestou atenção. Eram gritos de gente que vinha acudir ao fogo. Ele é que infelizmente não podia fazer nada, por mais que quisesse...

Nisto, o estalo seco de uma corcódea a arder foi como um aguilhão que lhe espetassem. Sem consciência sequer do que fazia, num salto de mola, pôs-se em pé.

Esteve assim uns segundos, cego, pétreo, maciço, no limbo opaco do ser e do não ser. Por fim, num relâmpago de libertação, abriu os olhos. O mar vermelho submergiu-o então como uma vaga. Deslumbrado, caiu redondo no chão.

Um sono fundo, pesado, começou a quebrá-lo todo. E daquela doçura que o invadia, uma célula só, fiel à dignidade da espécie, refilou ainda:

– Ao que chega um homem! É preciso não ter vergonha na cara... Ficar para aqui, num ermo destes, a dormir ao relento como um animal! E não cuides que é lá por causa dela que me incomodo. Que se lixe! É por ti, desgraçado...

O Lugar de Sacristão

Não estava no propósito do prior desgraçar o rapaz.
Pelo contrário. Quando o chamou, e com grande argu-
mentação o convenceu a ficar a substituir o pai, cuidava
até que lhe fazia um especial favor. Homem prático,
embora tivesse por ofício tratar de coisas do céu, o seu
forte eram assuntos cá deste mundo. Negociar em miné-
rio, granjear bons lameiros, criar gado. E dizia-lhe:
— Bem vês, numa terra pequena, onde não há ganhos,
um vintém que seja faz sempre arranjo. Ora, tu sabes
muito bem que o lugar de sacristão é uma pingadeira.
São as missas, os casamentos, os baptizados...
— E os enterros...
— Evidentemente! Mas que tem lá isso?
— Não sei, não gosto.
— Ó criatura de Deus, olha que tudo é preciso neste
mundo. Se não morrêssemos, comíamo-nos aqui uns aos
outros.
— Deixá-lo! Antes quero ganhá-lo à enxada.
— Não dês respostas à toa! Pensa primeiro.
— Está pensado. Abrir covas, não...
— E tu a dar-lhe! Não plantas bacelo? Não saibras?
— Pois saibro.
— Então?

– É muito diferente.

– Parece-te. Tudo é terra!

O Felisberto ouvia aquelas heresias, a olhar o padre com desconfiança.

– Estás admirado?

– Se quer que lhe fale franco...

– Eu compreendo. Mas não há motivo para espantos. O corpo, quando a alma o deixa, é um monte de estrume a apodrecer.

– Será. Eu é que não tenho feitio...

– Qual não tens! Acostumas-te, que é um regalo. Depois já nem reparas.

– A modos que até o estômago se me revira só com a ideia...

– Mau! Que diabo de homem és tu?!

Cabeçudo, o mal era o prior pensar numa coisa. Enquanto não levasse a sua avante, não sossegava. E tanto teimou, tantas voltas lhe deu, que o pobre do Felisberto acabou por se conformar.

– Pronto, seja. Bem me custa...

– E não te arrependes, verás. Eu tinha outros que queriam o lugar. Bastava acenar-lhes. Mas prefiro que fiques tu...

– Muito obrigado.

– Portanto, estamos entendidos. Posso contar?

– Pode.

Naquela aceitação resignada, via o padre a luz do bom senso a reluzir no espírito do rapaz. Quando, na verdade, ela significava apenas uma renúncia impotente a felicidades futuras que o instinto do Felisberto pressentia.

– Sempre te resolveste? – quis saber, logo a seguir, a Filomena Velha, a beata mais categorizada da aldeia, que de longe vigiava a conversa.

– Resolvi.

– Custou! Tolo, que ias atirando com a sorte pela porta fora!

– Se calhar atirei mas foi com outra coisa…

– Que coisa?

– Sei lá…

Era um presságio vago, um pavor difuso que o afligia. A causa verdadeira de tal medo, não a sabia dizer. Quando na conversa com o prior insistia na repugnância que sentia pelo serviço no cemitério, agarrava-se a uma tábua de salvação. A realidade da sua recusa tinha raízes mais fundas.

– Acredita que fizeste bem! – teimava a Filomena.

– Não sei se fiz bem, se fiz mal.

– Quem anda no serviço de Deus faz sempre bem.

– Veremos.

Tempos depois, ainda o sacristão mantinha no espírito e nas palavras a mesma incerteza quanto à excelência do emprego. No fim de uma semana de missões, quando a santanária se babava de felicidade, e queria logicamente compartilhar a sua alegria com o Felisberto, ouviu esta enormidade:

– No dia em que me meti nisto, se tenho quebrado uma perna…

– Eu benzo-me! Pareces maluco. Olha que os tempos vão ruins!

– Às vezes sabe melhor uma malga de caldo comida com gosto, do que…

– É o que te parece.

Avisado pela devota, o prior acudiu ao desânimo do rapaz. Também a ele lhe custara engrenar naquela vida de incensos, velas, pecados e agonias, que tinham sempre um desfecho tumular. Mas fez-se forte, que remédio, e agora nem dava conta.

Grato às palavras de estímulo que ouvia, o Felisberto começou também a lutar. E com o andar do tempo já lhe não metiam tanta aflição as missas intermináveis, a gritaria dos miúdos ao pé da pia de água benta e as caveiras que ia desenterrando sempre que abria uma campa nova.

E quase se esquecera da relutância com que aceitara o lugar, quando teve, finalmente, a chave dos seus misteriosos e aparentemente absurdos pressentimentos.

Morrera sempre pela Deolinda. Desde garoto que sentia um gosto particular ao vê-la passar, muito ruiva e muito espevitada. Ambos da mesma criação, sem saber como, a imagem da rapariga foi-o acompanhando no crescimento. E, naturalmente, acabou por integrá-la na sua própria realidade. Sem nunca sequer lho dar a demonstrar, sempre que olhava o futuro via-se na companhia dela. Por isso, uma vez que ia ganhando o suficiente e podia pensar em arrumar-se, na primeira oportunidade que teve, abriu-lhe o coração.

Encontrou-a por acaso no caminho da igreja. Toda desenganada, vinha de levar o almoço ao pai, que andava a lavrar no Borrajo. Depois de lhe falar do tempo e das sementeiras, habilidosamente foi encarreirando a conversa para o ponto que lhe convinha.

A princípio, a cachopa fez-se desentendida. Mas apenas ele, claramente, lhe declarou que a pretendia, deu-lhe um não redondo.

Como um animal pacífico que recebesse uma chicotada, ficou petrificado de espanto e de pavor. Sem ela, a sua vida perdia todo o sentido. Contudo, passado o momento de dolorosa surpresa, sem despeito, humanamente, aceitou o desencontro amoroso. Agora quando a moça lhe explicou o motivo por que nunca o quereria, é que lhe caiu de todo a alma aos pés.

– Não. O homem que me levar, não me há-de abrir a cova, se Deus quiser.

Ah, que bem lho dizia o coração! Burro, que se deixara perder!

Passou a noite em branco, a cismar na resposta da rapariga. E se abandonasse o lugar? Se nunca mais... Mas não. O mal já não tinha remédio. Nem ele seria capaz de lhe falar outra vez.

No dia seguinte, a auxiliar o prior a paramentar-se, deu-lhe tal repelão na alva, que o bom homem perguntou, entre duas orações:

– Tu que tens?

– Nada.

E cada vez mais triste, o Felisberto continuou a sua vida de sacristão. Sempre soturno, foi ele que ajudou a casar a Deolinda e a tornar-lhe os filhos cristãos. Com a sua paixão recalcada, tocou-lhe a repique todas as vezes que foi preciso.

O padre só dizia:

– No domingo temos o baptizado de mais um crianço da Deolinda.

– A que horas?

– Depois da missa.

E, acabada a celebração, lá estava ele a puxar a corda do sino.

– Porque não casas também? – perguntou-lhe um dia o prior, depois de prender com a estola a mão do Ramiro, o último solteiro da geração do Felisberto.

– Agora!

– Então, que idade tens?

– Sei lá! A idade não é que faz.

O padre não compreendeu, mas não quis aprofundar. A sua própria castração solidarizava-se mais facilmente com um Felisberto mutilado e solitário. Contudo, passados anos, já quando o vento do Outono os abanava, gemeu:

– Envelhecemos para aqui ambos como dois infelizes...

O sacristão encolheu os ombros, resignado.

– Calhou assim...

E nunca o prior soube se a resposta do Felisberto era uma censura velada, nem o Felisberto se as palavras do prior eram um desabafo de alma.

Evidente, só a velhice que os mirrava, cada vez mais enrugada e branca. O padre, trôpego, subia com dificuldade os degraus do altar, e quase que adormecia a ler o missal. Quanto ao Felisberto, esse tinha uma ronceira no peito que se ouvia do fundo da igreja.

– Eles não perdoam... – queixava-se o prior, cheio de reumatismo. – Já cá cantam setenta e três.

Apesar de mais novo, o Felisberto parecia andar nos oitenta. Tais eram os estragos da doença e da solidão!

– E tu, quantos?

– Perdi-lhes a conta.

Desde que a Deolinda o desprezara, o tempo para ele deixara de ter medida. Ou era uma eternidade baça, ou aquele segundo nítido em que ela lhe dissera que não. E a própria bronquite como que já fazia parte dessa monotonia sem quebras.

– Vai ao médico, homem! Trata disso! – teimava o prior, agarrado à vida, apesar dos achaques.

– É crónico. Não vale a pena.

E o triste, acompanhado da gataria do peito, ia arrastando como podia o seu latim de coadjutor. Às vezes os acessos de tosse quase que o sufocavam. Mas lá continuava a mudar o missal e a chegar as galhetas, sem o amparo sequer dum coração condoído. No ramerrão da igreja, a gosma acabou por já nem causar impressão aos fiéis.

– Temos um enterro amanhã.

– De quem é?

– Da Deolinda. Teve um ataque há bocadinho, chamaram-me à pressa para lhe dar a extrema-unção e quando lá cheguei estava morta. É preciso tocar a sinais.

Ficou pensativo, mas o prior nem deu conta.

Saiu da sacristia, foi à torre anunciar a desgraça, e nesse mesmo dia, à tardinha, tratou de abrir a cova da que não quisera ser sua mulher por essa razão.

Começou a cavar sem ânimo, aflito por dentro e muito infeliz. Iam saindo ossos, farrapos, tábuas – o espólio habitual dos hóspedes passados. Mas nem reparava. Só os braços é que trabalhavam. A sua atenção estava ausente daquelas misérias. Ou se alheava para atender a um apelo insistente da memória, ou se concentrava no alvoroço do coração, a bater descompassado dentro do peito.

Um suor frio, como nunca sentira, começou a humedecê-lo todo. Gotejante a princípio, alargava-se numa inundação. Pesadas, as ferramentas pareciam de chumbo. Contudo, continuava a manejá-las, numa espécie de automatismo, como uma máquina em movimento que por si só não pudesse parar.

Já fundo, quando a campa lhe dava pelo pescoço, o esvaimento aumentou. Um garrote invisível apertava-lhe a vida.

Pousou a pá e encostou-se à trincheira.

– Estou pronto.

O lusco-fusco embainhava de tristeza maciça os quatro ciprestes que guardavam os cantos do cemitério. Nos buxos alinhados havia uma paz cansada, de sono.

– Acabou-se o fadário...

Num adeus quase indiferente, rolou a cabeça à superfície do mundo, como um roberto que não tivesse corpo.

– Cruzes e mais cruzes... Valeu a pena!...

Depois, sem forças para sair do buraco, aninhou-se nele o melhor que pôde.

– Esta é para mim... – murmurou. – A dela que lha faça quem quiser. Escusava de ter medo, afinal...

Justiça

Por mais ordeiro que um povo seja, sempre há coisas. É uma asneira que se diz, um marco que o arado arranca, uma cabra lambisqueira que salta à vinha de alguém, duas maçãs que uma criança rouba. Mas tudo isso não vale nada. As mulheres engaleiam-se, o falatório no tanque anima-se, discute-se nas cavas, e acaba tudo em águas de bacalhau. No tempo do Leonardo, porém, Deus nos livrasse! Aquele cobardola só sabia dizer:

– Embargo! Ou fazes o que eu digo, ou vou à Vila e enrolo-te em meia folha de papel selado.

– Se tem assim tanta razão, salte! Salte para aqui, e tiram-se as teimas de homem para homem.

Olha lá não saltasse! Metia o rabo entre as pernas, e tribunal.

Ora, o que a justiça quer é comer. Certo e sabido: vai-se ter com o Dr. Valério a Murça, e é logo:

– Você está cheio de razão, alma de Deus! Ponha a questão, que não há ninguém que lha perca. Se quiser, passe-me uma procuração, deixe trezentos mil réis para preparos, e o resto é comigo.

Um céu aberto. Até parece que a gente já está a ouvir o juiz. Mas depois é que são elas! Começa um moedoiro de dinheiro, que não há bolsa que chegue. O advogado só diz:

–Então agora, que isto vai tão bem encaminhado, é que você se quer compor?!

E cantem para aqui mais cinco notas! O pior é que daí a um mês, zás: uma cartinha. «Senhor Fulano, é favor comparecer no meu escritório.» Desce a gente de escantilhão pela serra abaixo, numas ânsias, a cuidar mil coisas. E o que há-de ser? «Tenha paciência, isto não anda sem a mola real…»

Até que chega o dia da audiência. Aí, então, é como quem quer livrar um filho. Presente a este, presente àquele, Tia Preciosa, pelo amor de Deus, diga a verdade e beba mais uma pinga. E para nada, afinal de contas, porque o outro advogado, que é um bandalho da mesma raça, embrulha tudo. «Ora explique-me lá isso bem explicado! Não minta…» A gente, quando se senta naquelas cadeiras, fica logo como há-de ir. Fazem-nos falar, apertam, apertam, e quem é que não cai? Tiram de nós o que eles querem. «Diga. Diga! Ora assim, sim! Vê como é tudo ao contrário do que pensava?!» Só visto! Ao fim, sai uma sentença que não é carne nem peixe, uma pessoa fica borrada, empenhada até às orelhas, e a dever favores até às pedras da rua.

Mas o Leonardo queria lá saber! O tribunal, para ele, era como a igreja para as beatas. Tivesse razão ou não tivesse. Sentiam-lhe dinheiro no bolso, claro, venha a nós… Todos mais a mim, mais a mim. E o lorpa a cuidar que lhe davam tantos améns por causa dos seus belos predicados! Com que biscas! Mas, como quem o tem é que o troca, ora viva o nosso amigo, o que é que o traz por cá, às suas ordens, mande! E o filho de quem o pariu, de costas quentes, trazia o povo numa apertadinha.

–Ou esbarrondas a parede, ou ainda hoje te vou fazer a cama!

–Farto seja você de tribunais nas profundas dos infernos! Não tem olhos nessa cara? Não vê que isto é meu, seu ladrão?!

A coitada da Maria Ambrósia, de raiva, até espumava, e o caso não era para menos. Ter a gente uma coisa sua, e de repente aparecer-nos um larinhoto e levá-la de mão beijada!

– Lembre-se ao menos destas crianças, que ficam desgraçadas...

Qual o quê! Sentimentos não eram com ele.

– Sejam então muito boas testemunhas...

E pronto, começava o calvário.

Coisas de fazer tremer a passarinha. Numa ocasião processou o Garrido só porque lhe atravessava uma leira quando ia namorar! O pai da Belmira não queria o casamento. Aqui-del-rei que matava o rapaz se o encontrasse a desencaminhar-lhe a filha. Que remédio tinha o coitado senão cortar-lhe as voltas e fazer-lhe o ninho atrás da orelha! Ia ao redor da casa, metia-se no meio do milhão, e era um regalo. Pois o badana do Leonardo deu com aquele arranjo em pantanas, e por um triz que não metia o pobre do desgraçado na cadeia.

– Ó homem do Senhor, tu parece que não tiveste vinte anos! – clamava o Pinto, indignado, a lembrar-se com saudades dos tempos da mocidade.

– Quem quer cainça, vai para os baldios. Naquilo que é meu, não!

– Estragou-te alguma coisa, porventura?

– Não quero cá saber. Sevandejava-me a propriedade, e não é pouco! Fica o aviso feito: a mim, quem me pisar o risco, vai malhar com os ossos no chilindró.

Um castanheiro à borda da extrema, que pingasse para o lado dele, era uma carga de trabalhos. Mais valia atirá-lo abaixo. Os marcos, então, andavam sempre numa fona!

Nem já ninguém queria terras ao pé das dele. Os donos punham-nas à venda, os compradores chegavam-se, mas desistiam.

– É um bom bocado, realmente, dá aqui um rico milhão, e não se pode dizer que seja caro. O pior é a má vizinhança... Não. Meter-se a gente em trabalhos escusadamente!

Foi por Deus o Abrunhosa ir ao Brasil, ganhar por lá bem contos, aprender como as bandalheiras se fazem, e vir pôr termo aquilo. De contrário, quem havia de viver em Celeiros com um justiceiro assim?

O Abrunhosa, apenas regressou do Rio – todo lorde –, pôs-se a arejar as notas. Comprou o Tapado, limpou a mina do Reguengo, e queria aumentar a casa. Bem tolo não empregar tanto dinheiro em fragas que lhe rendessem mais! Mas lá diz o ditado: pobre pássaro que nasce em ruim ninho. Segue-se que era amigo da sua terra, e, já se sabe, tinha empenho em fazer as coisas a gosto dele. Abrir uma varanda do lado do sol, altear a cozinha, ajeitar um quarto de banho, arranjar comodidades. Mas logo por sorte quem havia de ter um palheiro em frente? O Leonardo. Os pedreiros a darem começo à obra, e o Leonardo rente com duas testemunhas.

– Embarga, Tio Leonardo?

– Embargo.

– Muito bem. Ide-vos então, rapazes. E descansai. Quem paga é aqui o nosso milionário...

– Não sou milionário, mas ainda tenho o suficiente para me bater com qualquer.

– Ora essa! Que dúvida!

Com quem ele se foi meter! Isto de mijar no mar tem o seu quê.

A arrotar postas de pescada, o Leonardo logo no outro dia que tinha o melhor advogado da comarca, e que ganhava, desse por onde desse. O Abrunhosa, muito calado, que no fim se veria.

De bico amarelo! Pela mansa, manobrou as coisas de tal maneira, que comprou testemunhas, comprou advogados, comprou juízes, comprou tudo. Mas a sério! Nada de conversa fiada. Todos ali comprometidos e firmes. E sem o Leonardo sonhar sequer! Na audiência, quando contava com um p-a-pá-Santa-Justa a seu favor, sai-lhe a coisa furada. O Felizardo, o único que verdadeiramente podia fazer prova, por ser a pessoa mais velha da terra, que não sabia, que ao certo, ao certo, não podia afirmar. A Bernarda, que também ao cabo e ao resto não conhecia a questão. E o Freitas, esse então disse redondamente que quem tinha razão era o Abrunhosa.

O Leonardo parecia um bicho, a bufar. Era vê-lo pelo corredor a cabo, para cá, para lá, sem parança, como um lobo num fojo. Dantes, naquelas ocasiões, espanejava-se todo, de mãos atrás das costas, como se estivesse em sua casa. Agora, com o rabo entalado, gemia. Traidores! Mas que os metia a todos na cadeia! Se metia! Com quem cuidavam eles que estavam a brincar? De resto, a procissão ia ainda no adro. Não cantasse lá o Sr. Abrunhosa vitória antes do fim da festa! Então o Dr. Vaz não valia nada? Deixassem-no falar, e veriam. Esperassem-lhe pela resposta.

E aqui é que foi a bomba. O Dr. Vaz tinha a língua vendida como os outros. Nas alegações, que sim, que não, que torna, que deixa, e, para encurtar razões, que pedia justiça. Claro, os juízes fizeram-lhe a vontade. Deram direito ao Abrunhosa.

O Leonardo, ainda a sentença estava no meio, que apelava. Havia de ir até ao cabo do mundo.

Farroncas tem a minha Joana, mas obras... Ali era meter a viola no saco e nem tugir nem mugir. Pois se até um cego via que o vento mudara de feição! Voga bem. Quando o demónio atenta uma pessoa...

O Abrunhosa, ao saber que a questão continuava, riu-se. Era de força, o Tio Leonardo! Mas com valentões assim é que ele gostava de se divertir. Para o brasileiro aquilo até o distraía. Quem não tem que fazer, faz colheres.

No Porto, o Leonardo ganhou. Santo Deus! Só lhe faltou deitar foguetes. Um lorpa, que não via que era tudo combinação. Porque em Lisboa, foi de caixão à cova.

A gente não se deve rir do mal de ninguém. Mas, quando as coisas passam as marcas, é humano gostar de ver o nariz achatado a certos figurões.

– Então, Tio Leonardo, sempre ganhou a questão? A modos que vi hoje os pedreiros outra vez na obra do Abrunhosa...

O Campeã era dos que em tempos fora também cosido e mal pago pelo Leonardo. E gozava a desgraça do facínora sem dó nem piedade...

– Perdi esta, mas posso ganhar outras, que tem lá isso?

Coitado! Teve quase sempre que ir adiante. E, nisto de tribunais, quem vai à frente é que geme. Depois, com advogados do Porto e de Lisboa não se brinca. Comem muito. Não há quem os vede. Aquilo não é gente de duzentos ou trezentos mil réis. É logo às boladas de vinte e trinta contos!

Segue-se que quando o Leonardo se viu livre da enrascada, tinha tudo em pantanas. Hoje um lameiro, amanhã uma mata... Desgraçadinho. Pobre como Job.

Mas foi um descanso. Todos lhe podiam arregalar os olhos quando metia a mão no alheio, e cantar-lhas.

– Olhe que agora a justiça são duas lombeiradas com um estadulho! Ponha aí o que não é seu, se quer os ossos inteiros.

Lá fazia das tripas coração, pois que remédio! Mas tão danado, tão viciado na chicanice, que a ver-se naquela miséria em que os tribunais o tinham posto, não suspirava por outra coisa. Nos dias de feira da Vila, já velho e atoleimado, sentava-se na soleira da porta a ver passar o povo. Como toda a gente lhe conhecia o fraco, puxavam-lhe pela língua.

– Quer vir, Tio Leonardo?

–Não tenho pernas. Se não, bem gostava! Está um dia bendito.

–Bom para semear batatas…

–Quais batatas! Bom mas é para ir pôr uma demanda. Com um sol destes, eram favas contadas…

A Vindima

Ao cabo de quatro dias de vindima na Arrueda, o cheiro do mosto embebedava os sentidos. E à noite, na cardenha, o Vitorino, com a namorada ali quase à mão de semear, não parava sobre a palha centeia, o colchão de todos. Era um rolar sem tino para um lado e para o outro, que metia aflição.

– Tu que tens? – perguntava-lhe o Rasga, farto de conhecer a causa do formigueiro.

– Nada... – e continuava a mexer-se, cada vez mais insofrido.

Como troncos derrubados, os restantes homens da roga jaziam estendidos e adormecidos no chão. Apenas os dois amigos velavam, a vigiar-se mutuamente.

– Vou até lá fora – disse por fim o Vitorino, sem poder mais. – Não me apetece dormir...

E saiu.

Pé ante pé, o Rasga foi-lhe no encalço. E o que havia de ver?... Um noivado ao luar, com a terra empapada de doçura a servir de lençol.

Passou a mão pelo restolho da barba, numa melancolia de faminto sem pão, e deixou os felizardos na paz do Senhor. Quando de madrugada o outro voltou à cama, só lhe disse:

– Valha-te Deus, homem! E agora?

– Agora caso com ela, pois então! Isto nem tira nem põe. O que se há-de fazer ao tarde...

Pela manhã a vindima continuou. Orvalhados, os bardos de moscatel eram polipeiros de olhos irónicos e coniventes. E a Lúcia, sumida no entrançado de vides e de folhas, enquanto cegava aquelas pupilas abelhudas, parecia um rouxinol:

> *Eu já vi a Tiraninha*
> *A beber numa cabaça,*
> *Olha a raça da Tirana*
> *Que até no beber tem graça.*

Ninguém lhe levava a palma. Desde a saída de Lamares que não se calara mais. À frente da estúrdia, de xaile à cabeça e cesta no braço, atirava com a voz bonita pelos montes a cabo, que nem o pai, no Maio, a semear milhão. O harmónio repenicava-se todo em redor dela. Os ferrinhos a dizerem que sim, que sim. E o bombo, apesar da tristeza a que a pele de cabra o condenava, a fazer quanto podia para dar também um ar da sua graça.

A lama de cinco meses de Inverno, que a Primavera apenas endurecera, era agora uma camada de poeira fofa pelo caminho além a escaldar. O sol, depois de empassar as uvas, queria empassar a terra. Invulnerável, porém, o raio da rapariga rompia por ali adiante, com asas nos pés. E, mal o Doiro apareceu lá em baixo, ao fundo, como uma veia aberta a escoar-se morosamente do corpo ciclópico dos montes, atirou logo:

> *Foi no Pinhão...*
> *Ia a vindimar um cacho,*
> *Vindimei-te o coração.*

Tinham findado de todo os horizontes largos do planalto, onde a alma corre de fraga em fraga, sempre à vista do céu. Encostas negras, em escada, cobertas de estevas ou eriçadas de zimbro, faziam tudo para entristecer quem lhes passava ao pé. À esquerda, um despenhadeiro de meter medo; à direita, uma penedia por ali acima, que só de vê-la faltava a respiração; ao longe, mortórios escalvados e desiludidos. Mas o grande rio doirado, que a luz da tarde transformara numa barra cintilante, chamava a si toda a atenção dos olhos, e a paisagem emergia do abismo engrandecida e transfigurada.

Ou porque trazia dentro o fogo da paixão a aquecê-la, ou inspirada pela beleza do cenário, a Lúcia punha o coração a voar:

À oliveira da serra
O vento leva a flor...

Só mesmo por alturas de S. Cristóvão é que esmoreceu. Ao passar diante do cemitério aproado como uma galera de morte no mar verde dos vinhedos, uma tristeza súbita calou-a. Obra dum suspiro, apenas. Daí a nada arrebitou outra vez, e, ao chegar à Arrueda, levava tudo adiante.

Ó Rita, arredonda a saia,
Ó Rita, arredonda-a bem...

Nem a cara seca e vermelha do Sr. Berkeley, o patrão, lhe meteu medo. Enquanto os mais, num respeito de escravos, se descobriam ou cumprimentavam aquele símbolo do trabalho e dos ganhos na Ribeira, continuou a cantar como se nada fosse, e à noite, ao deitar, ainda trauteava uma moda.

Foi a Guilhermina, já enfastiada, que a mandou calar.

— Não estás farta, mulher?!

Riu-se e continuou na dela. E agora, ao cabo de quatro dias de azáfama, tinha ainda a voz fresca como uma alface. E com segundas...

> Eu hei-de te amar, Tirana,
> Eu hei-de te amar, eu hei...
> Eu hei-de te amar, Tirana,
> Duma maneira que eu sei...

Os dois rapazes riram-se, num mútuo entendimento da significação oculta da cantiga. Depois, maldoso, o Rasga comentou:

— O que vale é que a Tirana tem as costas largas...

Ergueu o vindimeiro, ajeitou-o na troixa e foi juntar-se aos outros companheiros, enquanto o Vitorino ficou a olhar com ternura a rapariga, bem feita, desembaraçada, certamente fecundada já pelo seu amor.

Dispersa pela encosta, a roga mais parecia festejar um deus generoso e pagão do que trabalhar. Os geios eram degraus do Olimpo onde crescia e se colhia o espírito celeste. Cada canção – um hino de louvor. E os cestos acogulados, que desciam a escadaria de xisto aos ombros dos fiéis devotos, numa fila indiana, sonora e ritual – a dádiva desse amantíssimo Senhor, que só pedia contentamento em troca dos seus frutos.

Dir-se-ia que tudo naquele paraíso suspenso se movimentava lúdica e religiosamente. Nenhuma mágoa, nenhum ódio, nenhuma desconfiança do futuro. Alegre, a alma de cada romeiro entregava-se pressurosamente ao esquecimento colectivo que alijara do mundo as misérias e os desenganos. O tear mágico urdia desumanização. E só quando um dos fios da meada emperrava, e havia um solavanco no ritmo do cerimonial, é que se via que uma vontade prática subjazia ali, vigilante e profana. Ainda o Vitorino não acabara de sair da sua contemplação, já o Seara, o feitor lhe berrava aos ouvidos:

– Tu andas parvo ou quê? Mexe-te! Ergue e espera-me no armazém, que tens de preparar uma vasilha.

> *Chora videira,*
> *Ó videirinha;*
> *Chora videira,*
> *Ó vida minha...*

Cantavam todos. E o bombo, com a sua voz pesada, como que dava forma à incorpórea harmonia que, descuidada, descia em cascata pelos socalcos.

> *Chora videira,*
> *Ó videirão;*
> *Chora videira,*
> *Ó meu coração.*

Não havia tristeza que entrasse naquelas almas. Principalmente na de Lúcia, cada vez mais agradecida ao céu pela sua redenção terrena.

Entretanto, porque o deus da abundância não se cansava de multiplicar o mosto no lagar, para arranjar onde o meter, o Vitorino deslizava submisso pela portinhola dum tonel, tal as vítimas dos sacrifícios antigos pela boca do dragão.

Lá fora continuava o coro.

E o Seara, por causa daquele barulho e do ouvido duro do Sr. Berkeley, quando daí a bocado chegou congestionado à vinha e deu a notícia do desastre, quase teve de berrar.

Foi então que a voz da Lúcia estacou de vez. Garroteada como a do namorado, a garganta fechou-se-lhe num espasmo de perpétua agonia.

Transida e comandada por tão grave silêncio, a roga emudeceu também.

Só a Casimira velha, desgarrada numa valeira solitária, que não ouvira nada da morte do Vitorino, asfixiado dentro do bojo da cuba, continuou a agoirar a tarde com o seu lamento fanhoso:

A mulher é desgraçada
Até no despir da saia;
Não há desgraça na vida
Que aos pés da mulher não caia...

Um Coração Desassossegado

Na tradição de Ruivães não havia exemplo tão escandaloso. Três homens na vida duma mulher, era como que uma espécie de aleijão moral, de que a própria terra se devia envergonhar. Mas a verdade é que a Marciana fizera essa avaria, e ali estava mais uma vez viúva, quase sem lágrimas, a despachar o Bernardino, o último marido, para o cemitério.

O cunhado, o Daniel, que tratava da mortalha, movia-se entre o dever e o desespero. Honrado e austero, fora casado com uma irmã dela, a Isaura, que falecera há pouco. E aquele parentesco, que o obrigava a enterrar-lhe quantos mantilhões arranjasse, custava-lhe os olhos da cara.

– Uma pessoa está guardada para cada conveniência!

– Que hás-de tu fazer! É família...

– Pois aí é que me dói! Uma deslavada, sem vergonha nem propósitos, e eu depois que a ature...

Desde rapaz que lhe tinha uma antipatia obscura, feita de nadas, e cada dia mais azeda. Namorava-lhe a irmã, mas era ela sempre que aparecia primeiro, a pretexto de o avisar de qualquer conversa que ouvira a seu respeito, de saber se havia ou não comédias na festa de S. Gonçalo, de se queixar das bebedeiras do pai. O Daniel agradecia a prevenção, dava-lhe a informação pedida ou justificava da maneira que podia as fraquezas do futuro sogro, e cerrava os dentes, mortificado.

– Estás em ânsias! – insinuava ela, ironicamente.

– Estou à espera...

– Tem de lavar a louça, primeiro.

E porque a não lavava ela, em vez de se pôr ali de espantalho? O que vale é que era discreto e paciente. Continuava silencioso, até que a namorada surgia, também discreta e paciente, no cimo da escada, e a Marciana, com ar de troça, os deixava em sossego.

– Nem parece tua irmã. Coisa mais reles!

– Olha que não. Estás enganado. Mete-se realmente na vida dos outros quando não devia, e gosta de levar e de trazer... É pena. Mas, fora isso, é como o pão...

– Azedo!

– Também nem tanto!...

– Cá por mim não a trago nem com açúcar!

– Hás-de ver que vos dais bem.

– Não me cheira. Nunca gostei de gente entremetida.

– Dá tempo ao tempo...

Infelizmente, o tempo só reforçou as razões do Daniel, como a própria Isaura teve de reconhecer.

Quando se receberam, o raio da rapariga parecia doida. Cantava e dançava como se fosse a dona da festa. E toda a gente se espantava com uma alegria tão despropositada.

– Ó mulher, tem juízo! Olha que quem se casa é a tua irmã!

Ficou pensativa e pálida por alguns momentos, como se a acordassem duma anestesia e a dor voltasse. Mas retomou o entusiasmo logo a seguir, e foi a última a deixar os noivos em paz no pobre tugúrio onde iam começar cinquenta anos de felicidade. Com os pretextos mais estapafúrdios, demorava a partida. Conversava, varria, compunha e descompunha a travesseira da cama, comia pires seguidos de arroz-doce, e assim encurtava a noite que os dois desejavam do tamanho da Estrada de Santiago. Por fim, lá saiu. E o Daniel, enquanto trancava a porta, desabafou:

– Que cáustico!

A Isaura, sabe Deus com que vontade, desculpou-a:

– Coitada, tem aquele feitio... Mas não é por mal.

– Pois olha que se é por bem, pode limpar as mãos à parede. A obrigação dela, de mais a mais sendo rapariga, era pôr-se a andar adiante dos outros.

– Nem pensou.

– Pensei eu, que estava com vontade de a esganar. Se não fosse por serdes vós Senhor quem sois... Bem se diz lá, que por causa dos santos se adoram as pedras!

– Não regula bem, coitada. Ninguém se mandou fazer...

E tanto não regulava, que um mês depois, do pé para a mão, casava-se também. Ruivães à missa, na sua boa-fé, e o padre a ler-lhe os banhos! Ficou tudo abismado. Sem ter havido namoro que se visse, ou suspeita de tal, ia ser mulher do Marcolino.

Zunzuns no povo, porque seria, porque não, mas a verdade é que daí a três semanas estava arrumada. Na boda, repetiu-se a cena do casamento da irmã. Apenas com a atenuante de que agora todos se conformavam com aquele entusiasmo desabrido. O festejo era dela, fizesse como entendesse. E lá que se despedia da vida de solteira como ninguém, honra lhe seja. Agarrava-se ao cunhado, que tinha de dançar com ela mais uma valsa, mais outra valsa, mais outra, que o desgraçado, ainda por cima com malhada no dia seguinte, parecia um mártir a ganhar o céu.

– Coisa mais disparatada, nunca vi! – queixava-se ele, a caminho de casa.

A Isaura, sempre conciliante, punha água na fervura.

– Entusiasma-se e perde-se da cabeça. Tanto monta a gente afligir-se, como não.

– O que vale é que isto é uma vez na vida!

Na sua sensata e honrada ética de cavador, o Daniel plantava cada acto social, seu ou dos outros, com a fundura duma raiz. Não concebia a vida sem horas sacramentais, irreversíveis, solenes como uma sementeira ou uma missa.

Mal ele suspeitava que passados dois anos tinha de tratar do enterro do Marcolino, e, decorrido mais um, estava novamente nos braços da cunhada a dançar outras valsas, pois se casava em segundas núpcias com o Carvalheira.

– Eu benzo-me! Até a gente fica não sei como... Faço ideia do falatório que para aí vai!... – lamentava-se à mulher, ofendido no seu bom nome.

– Tem paciência. Que se lhe há-de fazer? Não penses nisso...

Não pensaria, não, se a vida fosse doutra maneira. O pior é que não demorou muito que o Carvalheira esticasse também o pernil, e a cunhada, Deus lhe desse juízo!, não tratasse de pôr o sentido no Bernardino.

– Eu endoideço com semelhante criatura! Parece que anda de caçoada, a querer rebaixar a gente!

– Deixa-a lá. Que se governe! Não vamos ao casamento, e pronto.

O diabo é que a Marciana, quando lhe deram a entender que não iam à boda, nunca mais os largou. Vinha, chorava, pedia, contava, jurava, que não houve outro remédio.

E o bom do Daniel lá teve de aguentar aquilo, a fazer das tripas coração.

Felizmente que o Bernardino era rijo, e os anos iam esterroando as arestas da vida como uma grade niveladora. A brincar, a brincar, os invernos tinham passado. Ruça, a Marciana perdera o ar de mula sem rédea. Vergada ao peso dos molhos de lenha e dos cestos de estrume, que o Bernardino não era para brincadeiras, metia dó. Parecia uma alma pecadora em expiação. Mas mesmo assim, se encontrava o cunhado, toda ela se arrebitava numa conversa sem fim, cheia de calor e de confidências.

– Que língua de saca-trapos! Agarrou-me na Silveirinha, que não me largou. A água da poça a perder-se-me, e ela porque assim, porque assado... Eu já nem a ouvia!

Velha e doente, a Isaura deixara há muito de defender a irmã. Quando o homem lhe aparecia esbaforido a queixar-se dela, calava-se e continuava a torcer o fuso e a cozer os seus males.

– Tomaste o remédio?

– Eu não. O meu remédio, agora, é outro...

– Deixa-te de palermices e trata mas é de comer, que o cemitério tem tempo...

Gostava dela com a mesma frescura dos verdes anos. E mal tinha olhos para ver como ela definhava dia a dia.

Comida de dores, morreu logo a seguir, duas semanas antes do Bernardino, que uma pneumonia liquidou também. E o Daniel, depois de enterrar a mulher, não teve outro remédio senão fazer o mesmo ao terceiro cunhado que a Marciana lhe arranjara.

Com a alma carregada do seu luto íntimo, encomendou-lhe o caixão, chamou padres, assistiu à missa de corpo presente. Mas, quando a última pazada de terra arrasou a campa do defunto, deu largas à sua indignação recalcada:

– Bem escusavas disto, se fosses outra!

A Marciana enxugou as lágrimas postiças e levantou a cabeça.

– Outra, como?

Já que o não compreendia, ou se fazia de novas, não pagava a pena estar-se a incomodar. De mais a mais, podia finalmente dá-la ao desprezo.

Largou e foi tratar das leiras. Embora os bens agora lhe não dessem gosto, era preciso granjeá-los como até ali. Enquanto se anda neste mundo, não há remédio senão fazer pela vida. E, mesmo sem a presença querida da velha companheira, lá ia tesourando, podando e curando as videiras.

Foi numa tarde de Maio, morosa e melancólica, que a cunhada de repente lhe apareceu no Tapado.

– Andas contra o míldio?

– Tem de ser.

Houve um silêncio curto.

– As batatas estão bonitas!

– Assim, assim.

Outra pausa.

– Merendaste?

– Merendei.

– Trazia-te aqui uma pinga...

Desconfiado, fitou-a demoradamente.

– Que estás a olhar?

– Nem sei...

– Olha, olha, a ver se descobres!... Vão sendo horas...

Com a mão crispada na alavanca do pulverizador, o Daniel continuava a observá-la.

– Será possível?! – perguntou por fim.

– E então? Era alguma coisa do outro mundo?

Desabrido, atirou-lhe o nojo à cara:

– Não estás farta, mulher?

– Não.

– Pois bates a má porta. Já te não posso valer.

Duas lágrimas começaram a cair pela cara dela abaixo.

–Não é o que tu cuidas que me falta. Estou velha, também. O tempo dessas alegrias já passou.

–Então não te entendo...

–É o meu coração que não se cala. É ele que sempre gostou de ti e te queria...

A Revelação

Pau para toda a colher em matéria de chanatos, o Rodrigo apareceu em Dailão num dia de feira a tocar a gaita dos seus sete ofícios – uma flauta de capador, que parecia um harmónio a cantar-lhe nos beiços.

– Temos chuva!

Sempre de ironia na ponta da língua, a Matilde, que lavava a louça, antes mesmo de ver a cara do músico, atirou a dizedela. Depois é que chegou à varanda. E o Rodrigo, apenas a lobrigou, repenicou-lhe cá de baixo uma assobiadela afinada como um madrigal.

– O homem é doido!

Mas era por uma ave de arribação assim, exótica e atrevida, que o seu coração esperava. Reinadia, amiga de uma resposta a tempo e horas, imaginativa, o ramerrão da terra sabia-lhe a caldo sem sal. Todos os rapazes das redondezas lhe arrastavam a asa, o Artur principalmente. Queriam lavrar mais uma leira… Bom proveito! E deixava-os penar.

Engraçado, aquele, a dar ao pedal da roda como se ela fosse a da fortuna…

– Que diz, minha mãe: mando-lhe pôr uma vareta no guarda-sol?

– Manda.

Enxugou as mãos a uma rodilha, foi ao quarto, deu um jeito ao cabelo, mudou de avental, pegou no chuço e desceu as escadas.

—Oiça lá, tio homem, componha-me aqui isto.

—De mil amores!

—Não é preciso tanto. Basta que seja bem.

Ele sorriu com os lábios grossos, que escancararam uma dentadura branca, sã, de lobo esfaimado, e ela ficou muito séria, a trespassá-lo com dois olhos ariscos e sonhadores.

—Deixe cá ver…

Estendeu a mão, onde um anel de oiro falso reluzia, e em menos dum fósforo tinha o serviço acabado. E foi durante esse breve tempo de espera, a seguir-lhe o movimento dos dedos prolongados pelo alicate, que a rapariga entronizou para sempre na alma a imagem do rapaz.

—Ora prontinho. Está aqui, que é uma perfeição.

—Veja lá!

—É o que lhe digo! Tomo a responsabilidade.

—E quanto lhe devo?

—Não é nada.

—Essa agora!

Também ele, enquanto trabalhava, a fora aninhando no pensamento.

—É um presente que lhe faço…

—A que propósito? Nunca me viu mais gorda…

—Algum dia havia de ser o primeiro…

Embora intimamente lisonjeada, reagia instintivamente àquela espécie de compromisso repentino.

—Costuma-se dizer que favores de gente honrada não se enjeitam. Mas contas, são contas. Ande lá, e deixe-se de brincadeiras.

—Já lhe disse.

—Mau!

—Não seja soberba, menina! Ou é por causa da insignificância? Para outra vez será coisa melhor…

Começou assim a conversa, e segue-se que nessa mesma noite dormiram juntos. Lá como arranjaram a marosca, não se sabe. Artes do diabo! O dia fora de balbúrdia, as vendas estiveram abertas até altas horas, bêbados para aqui, ciganos para acolá, o certo é que o Rodrigo entrou às tantas, saiu às quantas, e fecha-te segredo!

Eram fins de Setembro, na força das colheitas. De manhã cedo, quando a Matilde, estremunhada e dorida, chegou à janela, a veiga parecia uma colmeia. Nas vinhas, as mulheres enchiam cestos, que os homens, em fila indiana, despejavam nas dornas; e os carros de bois, a escorrer mosto, cantavam depois pela quelha acima numa alegria de ouriços carregados. Nos lameiros, os velhos tiravam milho, apanhavam feijões ou recolhiam abóboras. E nos pomares, trepado, o rapazio varejava as nogueiras, coalhando o chão.

— Arranja-te, rapariga! Ou queres ficar aí pasmada toda a vida?

Viúva, a Genoveva era uma moira de trabalho a granjear os bens que o homem deixara.

— Penteia-te, e trata de acender o lume enquanto eu vou apanhar umas maçãs para o reco.

Foi, voltou, e a filha no mesmo preparo e no mesmo alheamento.

— Tu que tens, mulher?

— Dói-me a cabeça...

— Faz uma pinga de chá.

Pelo dia adiante, aquela névoa matinal foi-se dissipando. À tarde, já mal se notava. No dia seguinte, desaparecera. E o aterro do tempo começou a arrasar o valado aberto. Só três meses depois é que tudo voltou novamente ao princípio.

— Pareces-me mais grossa da cinta!...

— Que admiração! Estou prenha...

— Prenha?! Prenha de quem?

– Dum homem.

A Genoveva quis morrer logo ali. Mas não morreu. A vida pôde mais de que ela, e teve de aguentar a filha naquele transe que, de resto, pareceu afligi-la pouco. A estalar o cós da saia, continuava na mesma, a caçoar com todos e com ela própria.

– Diz-me ao menos quem é o pai!

– Não é o rei, sossegue.

– Excomungada! Com tantos que te queriam para bem... Aquele pobre Artur...

– Não lhe faltam burras de carga. É só escolher.

As feições da petiza que nasceu ao fim dos nove meses da ordem não correspondiam a nenhuma cara conhecida. Por mais que o espírito bisbilhoteiro de Dailão se esforçasse, não havia maneira de arranjar cabeça de turco a quem servisse a carapuça.

– Foi milagre! Nasceu por obra e graça... – e a Matilde ria-se, a meter o bico do peito nos lábios sôfregos e polpudos da pequerrucha, que recebeu na pia o nome de Natália.

Monótono e rotineiro, o carro dos anos ia rodando. De vez em quanto um assobio inquietador feria os ouvidos da povoação. Matilde corria à varanda. Mas não era o Rodrigo.

– Afinal, o Artur veio falar comigo... – começou a mãe, numa tarde de monda.

– Quer casar com vossemecê?

– Parece tola! Contigo, mulher!

– E fez-lhe a declaração a si?!

– Tu espanta-lo! Aquilo é que é uma paixão!... Diz que põe tudo para trás das costas...

– Tem boa boca...

– Maldita! Sujas o bebedoiro, e ainda por cima te ris dos que querem beber!

– Há por aí muita água limpa. Por isso...

– Faz como entenderes. Mas sempre te digo: não cuspas tanto para o ar! Aproveita, e dá graças!

– Graças, será demais. Mas hei-de pensar...

Pensou, repensou, tornou a pensar, correu à varanda mais algumas vezes, e, por fim, decidiu-se.

– Diga-lhe que sim.

Casaram pouco depois, e, contra todas as expectativas, não houve ralhos nem desavenças naquela casa. A Matilde continuou a mesma caçoadeira, o Artur o mesmo paz de alma, e, quanto a darem-se, pareciam feitos de encomenda.

Ninguém os ouvia. Quando chegou a sua hora, a Genoveva morreu consolada. Deixava a filha melhor do que esperava, os bens em boas mãos, e a neta criada, na flor da idade, com vinte e dois anos abençoados. Do escândalo do seu nascimento já nem as cinzas restavam. Filha do Artur a princípio apenas por comodidade de tratamento, o hábito da designação acabara por legitimar a paternidade. E ela própria, que sempre gostara do padrasto, se acostumou a ver nele o verdadeiro pai. Dirigia-se-lhe sempre em primeiro lugar, numa contínua e convicta demonstração de respeito, embora conhecesse de antemão a resposta às perguntas que lhe fazia.

– Ponho o milhão ao sol?

– A tua mãe que resolva.

Desde o primeiro dia que o Artur deixava a mulher ser dona e senhora. Saía de madrugada, voltava à noite, comia, dormia, e no dia seguinte lá ia ele outra vez. Fiel à palavra dada, nunca se referia ao passado. Continuava a ignorar o nome do rival, mas nem a natural curiosidade de o conhecer dava a demonstrar. Tudo se passava como se tal homem não tivesse sequer existido.

Depois da morte da sogra, que às tantas tivera de trocar as courelas pela cozinha, era a enteada que tratava da lida da casa. O pessoal cada vez escasseava mais, e a

Matilde teve de se agarrar à enxada. Mas a rapariga, felizmente, dava conta do recado. Agenciadeira, poupada, limpa, não havia defeito a pôr-lhe. E a vida corria como um veludo.

– Amanhã se me falarem às batatas, que faço?

– Já sabes a quem tens de perguntar!

Preocupada com as decisões que teria de tomar no dia seguinte, a cachopa pedia instruções. Era feira, os dois iam regar, e ficava sozinha a governar o barco.

A mãe, sempre a mesma brincalhona:

– Se as não quiseres dar, vende-as.

– A como?

– A conto de réis. Nem tu sabes que ninguém as paga a mais de quinze!

A ceia acabara, fora dita a última palavra, podiam ir descansar.

Dormiram, e quando de madrugada o casal, apressado, largou para as Bajancas, já os vendeiros armavam tendas no eiró.

Era também Setembro e, enquanto varria a casa, a Natália ia prestando atenção ao movimento da rua. O barulho dos socos a choutar no lajedo aumentava minuto a minuto, um automóvel passou a buzinar, o grunhido de uma vara de leitões recebia de vez em quando uma admoestação paciente da porca mãe que os acompanhava.

Às tantas, a melodia dum assobio de capador sobrepôs-se à barulheira. E a rapariga, que tinha uma travessa precisada de conserto, correu à varanda.

– Ó tio homem!

– Menina...

– Espere aí, se faz favor.

– Espero, sim senhora.

Era um velhote simpático, remendado, que lhe sorriu com uma grande boca desdentada.

– Só isso?

– Só.

– É pena.

Pegou no pratalhão, mirou-o durante algum tempo, fez-lhe uns furos, deitou-lhe três gatos, limou, poliu, a olhar de vez em quando furtivamente a cachopa com duas pupilas muito vivas e fundas.

– Ora prontinho. Aqui tem.

– Quanto lhe devo?

– Está pago.

– Pago por quem?

– Eu cá me entendo… Adeus, menina. Muita sorte é o que lhe desejo.

Sorriu-lhe com as rugas todas da cara, passou a gaita pelos beiços grossos, arrancou dela uma espécie de uivo dorido, e sumiu-se na multidão, enquanto a rapariga, parva, continuava especada no mesmo sítio.

– Não me quis nada pelo conserto! – desabafou com a Angélica que passava.

– O trabalho também não foi muito.

– Deixá-lo!

Sem poder tirar o velho da lembrança, a cachopa passou o dia numa agitação que nunca conhecera. E à ceia, quando a família de novo se reuniu, foi a primeira coisa que contou.

– Hoje aconteceu-me uma partida… Mandei compor a travessa rachada a um amola-tesouras que apareceu aí, e o diabo do homem não me quis nada pelo serviço! Fartei-me de teimar, e não houve maneira.

– Ainda há almas caridosas… – largou-lhe a mãe, a disfarçar um baque que lhe dera o coração.

O padrasto é que se fez de novas.

– Ah, sim? E ficou bem?

– Mal se conhece.

– Ora mostra lá.

A Natália foi ao louceiro e exibiu a obra.

– Deixa ver mais perto…

Na sua inocência, a cachopa estendeu o braço. E o Artur, num gesto seco, brusco, arrancou-lhe a travessa da mão, e, sem uma palavra, escacou-a no lajedo da lareira.

O Desamparo de S. Frutuoso

Não tinha nenhuma razão particular para estar grata a Deus ou a qualquer dos membros da sua corte celestial. A não ser que considerasse um favor o simples facto de viver... Esse privilégio, porém, fora dado a tantos, inclusivamente a toda a casta de bichos e ervas, que francamente! Não desfazia na obra de ninguém, é claro... Malucava, apenas. Zorra, criada aos baldões, sempre arrastada, mal se poderia considerar uma pessoa humana, quanto mais uma criatura reconhecida ao criador! Sabia que S. Frutuoso não metia prego nem estopa nesse capítulo da geração dos mortais. A regedoria dele era outra. Mas também não sentira ainda que os poderes de que ele dispunha a beneficiassem. Pedira-lhe ajuda na ocasião em que uma pragana lhe cegara uma vista, e nada! Prometera-lhe uma vela na altura da pneumónica, e foi o que se viu: ia deitando os bofes pela boca. Nascera-lhe não sei quê num seio, rogara-lhe entre o cálice e a hóstia a esmola da cura, e o caroço cada vez crescia mais. De maneira que, a falar franco, não devia favores a ninguém. Em todo o caso, doera-se de ver o pobre santo naquele preparo. Que, considerando bem, a chuva caía de cima... E como parece que no céu é que estava o governo do mundo, não custava nada a quem lá morava... Além de ser uma obra de caridade para com os que viviam em corpo e alma cá neste vale de lágrimas. Quatro meses de invernia, sem uma aberta, sem uma réstia de sol, nevões, nevões, e, agora, aquele dilúvio seguido! O gado a morrer de fome nas lojas, a povoação sem um graveto de lenha para se aquecer e enxugar, o rio Torto a levar os lameiros... Um lindo serviço, não haja dúvida!

Como não era de arcas encoiradas, falara ao prior no destempero duma coisa assim.

– E que queres que te faça?

Sabia lá! Mas já que ele representava Cristo na terra, podia, talvez... Bem, a gente entende-se por palavras...

– Não há nada que ande tanto à vontade de Deus como o tempo, mulher! Nunca ouviste dizer?

– Eu não senhor!

– Pois é pena.

Pronto! Se era assim... Ao menos ficava esclarecida. Em todo o caso, punha as suas dúvidas quanto às vantagens, humanas e divinas, de tanto frio, tanto vento e tanta chuva. E chamassem-lhe maluca à vontade. Não concordava, não concordava! Se vivia da caridade alheia, tinha de pedir! Ora, se até os novos e sãos se acovardavam de pôr o nariz fora de casa, que diria ela, velha e doente, e sem um trapo de confiança a cobrir-lhe o corpo! Em Reboredo já se sabia que nada feito: negavam-se todos. Que tivesse paciência, que Deus a favorecesse, como se os ouvidos fossem as tulhas da barriga!... Portanto, se queria escorar o estômago, tinha de navegar. Mas quem se ia meter a um temporal daqueles?! Olha, deixava-se estalar com fome engrunhada no cortelho do Canavezes, a fazer companhia às ovelhas. Era, de resto, a única regalia de que gozava: nos dias em que o forno do povo não cozia, e dentro dele se gelava como ao luar, podia dormir nas cortes, sem licença dos donos. Nisso, honra seja feita aos de Reboredo. Chegava das suas peregrinações, desandava o gravelho da loja de qualquer, entrava, e tinha sempre às ordens uma cama enxuta de palha e o bafo do rebanho a cobri-la como um cobertor. Mais: nem sequer a acordavam de manhã, quando abriam a porta ao gado, o que, infelizmente, já não sucedia há muito. A água era tanta, que só quem se quisesse afogar e afogar os vivos. O que ela zoava, lá fora! Como havia o desgraçado do S. Frutuoso de resistir àquilo! Fiada na caridade humana, fartara-se de pregar, a pedir providências. Mas quê, ninguém quisera saber! Que se governe, respondiam-lhe todos. Tem a faca e o queijo na mão... Talvez por não terem visto o que ela vira... Vinha a passar, abrigara-se duma bátega mais valente no alpendre da capela, dera uma olhadela lá para dentro, e até os olhos se lhe arrasaram de lágrimas ao encarar o mísero, alagadinho, encolhido como um pito riço. Sempre era um santo, com mil diabos! Pois chovia-lhe em cima como se estivesse no meio da rua. Metia dó! Os pingos batiam-lhe na careca, escorriam-lhe pela cara abaixo, derretiam-lhe a pintura, transformavam-lhe o hábito num borrão esverdeado, e alastravam aquela nojeira pela toalha do altar.

Dera imediatamente o alarme. Valeu bem! Foi o mesmo que nada.

– Se vê que está mal, que se mude. Ou então que componha os astros... – respondera-lhe o Faustino, que, embora fosse mesário, não perdoava ao orago o atraso em que tinha as sementeiras.

O abade também nada adiantou. Como de costume, mijou sentenças. Que torna, que deixa, e por aqui me sirvo. Ora, se os responsáveis procediam assim, não lhe competia a ela incomodar-se, de mais a mais estonada de fome e sem culpas no cartório. Evidentemente que era crente. Pudera! Acreditava que há-de haver uma lei que nos governe. Desobrigava-se na Quaresma, ia à missa quando podia, persignava-se ao deitar – estava em regra. Isso, porém, não queria dizer que tivesse de se meter em brios de zeladora. Mas o coração às vezes também manda. E o dela compadecera-se humanamente da sorte daquele desinfeliz que nem um cortelho vedado avezava para se abrigar. Apenas por essa razão se tirara de cuidados e dera andamento à ideia de o acautelar de qualquer modo. Tecer a croça, francamente, custara-lhe pouco: até lhe servira de entretém. Agora subir a serra aos empurrões ao vento e a furar as bátegas, isso sim, chegara para afligir! Mas acabou-se. Lá vestira o gabinardo ao miserável, e, apesar de encharcada, podia finalmente dormir em paz. O coitado, metido no varino de junco, parecia mais um pastor do que outra coisa. Paciência. Honra e proveito... Chuva no corpo não lhe entrava mais, que lho garantia ela. Agora a respeito de apresentação... De resto, isso mesmo tinha remédio. Enquanto durasse o temporal, ninguém o ia visitar, estivesse sossegado; e, logo que o tempo melhorasse, podia despir o capote e pôr-se outra vez bonito para atender a freguesia.

O Castigo

Foi na noite de S. João que o Bernardo lhe bateu à porta, aflito.

– Tenha paciência, doutor, e venha-me ver a patroa. Aquilo parece que está ruim...

Fez-se de novas.

– Aquilo, o quê?

– O parto.

– Ela andava grávida? Nunca reparei. Eu também não a vejo há meses...

– Com os outros nunca houve novidade. Mas desta vez... Acho que tem a criança atravessada. Pelo menos é o que diz a Tia Rosa...

– Desatravessa-se. Se for apenas isso... Quando principiaram as dores?

– Já ontem.

– E demoraste tanto...?!

– Sempre à espera, a cuidar que a coisa se resolvia... Costumava despachar-se sem dar trabalho a ninguém...

– Bom, eu passo por lá. É só o tempo de preparar os ferros.

De preparar os ferros... e o ânimo. Ora ali tinha, para não ser palerma! Todo finório, a cuidar que arrumara o assunto na ocasião... Que azar o raio do miúdo encravar-

-se na barriga da mãe! Maldita hora em que se metera com semelhante mulher! Mas quê! Quem é que resistia? Que desapertasse a saia, despiu-se toda. Dói aqui? Mais abaixo, mais abaixo... Ai, que me faz cócegas!... Pronto: se a trazia fisgada, se já vinha disposta à maroteira... Santo, com franqueza!... O mal todo é que a danada parecia terra de semeadura! E quando à terceira ou quarta vez lhe veio com lérias, que estava grávida e o filho era dele, só viu uma saída: pôr fim ao idílio no mesmo instante. Muita pena, muita pena, mas responsabilidades, não. Tinha marido, de mais a mais... Portanto... Além de que, num caso assim, nunca se sabia ao certo... Adeus! Adeus! Surpreendida e despeitada, a alma do diabo, a princípio, ainda tentou reagir. Mas arriscava muito num jogo às claras. O homem, valente e assomadiço, a quem devesse, pagava. Fortalhaço e com tal génio, nem se chegava a compreender que o enganasse. Mas ela é que lá sabia... Segue-se que teve de se acomodar. Quando se cruzavam na rua, pareciam dois desconhecidos. Ele é que a olhava de soslaio, a inventariar-lhe a cintura, cada vez mais grossa. Como elas se arranjam!

Já a caminho de casa do Bernardo, ainda o rodízio interior continuava a girar. Como elas se arranjam, realmente!

Quando entrou, a Silvana não se deu por achada. Gemeu, e queixou-se como uma doente qualquer.

– Estou numa cruz, senhor doutor!

Aliviado e desapontado ao mesmo tempo, tentou iluminar o acolhimento impessoal com o sol de uma reflexão céptica e recôndita: até onde podia ir a dissimulação feminina! Todas iguais!... O que vale é que as conhecia... Se conhecia!... E deu prazenteiramente início à prestidigitação profissional.

– Que exagero! Uma coisa que não presta para nada! Valha-a Nossa Senhora. Daqui a pouco passa tudo e já nem se lembra.

– Os santos o ouvissem. Mas não. Tenho cá um pressentimento...

– Sempre cuidei que fosse mais corajosa! Que desanimada! Ora vamos lá ver isso...

Descobriu-a, apalpou e auscultou a barriga, e não pôde disfarçar uma sombra reticente na voz.

– Pois é. Realmente...

– Vê como eu tinha razão?! Está mal encaminhado. Eu sentia! Nunca tal me aconteceu! Fartinha de puxar...

– A gente encaminha-o. Sossegue.

Pediu água e sabão, tirou o casaco, arregaçou a camisa, lavou-se e desinfectou-se, e começou a actuar.

Com os brios acicatados pela insólita recepção, tentou esforçadamente cumprir a promessa feita. Mas não pôde ir além da boa vontade. A doente berrava, curtida de dores, defendia-se, e nenhuma manobra resultava. Obrigado a reconhecer a sua impotência, retirou a mão a pingar do poço escuro, e deu-se por vencido.

– Temos de a levar para o hospital. É preciso anestesiá-la, e só lá.

– O senhor é quem manda. Se vê que não pode fazer o serviço aqui...

– Não.

Meteram a parturiente num carro, e os vinte quilómetros de caminho foram de bom augúrio. O automóvel rodava suavemente e a Silvana emudecera. De vez em quando o Bernardo suspirava. E o médico, solícito, deitava umas gotas de bálsamo na ferida renitente.

– Nestas ocasiões, o essencial é manter a calma. Não ferver em pouca água...

Passaram Gouvães, S. Cristóvão, Penalva. Em Soutelo havia arraial no largo.

– Bonitas iluminações!

O entusiasmo festivo caiu mal no ambiente soturno

do veículo. E o médico disfarçou o deslize com a nuvem de fumo dum cigarro.

– Ora cá estamos nós chegados! Vão ver em que instantes o assunto fica arrumado.

Doces palavras, que os factos, infelizmente, não confirmaram. Na sala de operações, o Dr. Baltasar, que fora avisado pelo telefone e esperava a doente, em vez de resolver o caso, complicou-o ainda mais. Provocada pela violência das contracções ou por qualquer manobra canhestra, havia uma rotura do útero, onde a mão do feto se introduzira. E quando o velho parteiro, ao cabo de grandes esforços, conseguiu fazer a versão e extrair a criança, já morta, de resto, foi como se destapasse um tanque. Um jacto de sangue bateu-lhe em cheio na cara, inutilizou-lhe os óculos e ensopou-lhe a bata.

Sem a serenidade de outrora que o tornara conhecido, em plena decrepitude, diante do contratempo, o obstetra descomandou-se. Numa covardia senil, voltou pura e simplesmente costas à catástrofe.

– O colega tome conta disto, que eu não posso mais.

– Pelo amor de Deus, senhor doutor! Não abandone assim a doente! Opere-a, faça qualquer coisa!

– Desisto. Desisto. Tenha paciência e resolva o problema da maneira que entender.

E desarvorou.

Num terror de náufrago, o Dr. Daniel pôs-se a injectar coagulantes a torto e a direito, a meter mechas, a comprimir o ventre com toda a força. Nada. Era chover no molhado. A hemorragia inundava tudo.

– Mais soro, menina! E traga compressas maiores…

A Silvana acordara já e, do fundo da sua exaustão, veio em socorro daquela angústia.

– É escusado tanto trabalho. Ninguém me pode valer. Foi castigo…

– Cale-se!

Ao cabo de meia hora de luta, calafetado de todas as maneiras, o boeiro cedeu finalmente.

O médico respirou fundo.

– Parece que estamos safos! – proclamou, mais para se convencer do que convencido.

O sangue parara, realmente. Mas o curso do rio mudara apenas de direcção. Era dentro do próprio ventre que a torrente agora desaguava.

– Eu sinto-o correr à mesma… – avisou a Silvana.

– Cale-se, já lhe disse!

O pulso caía a olhos vistos. Uma palidez de cera cobria o rosto da infeliz.

– Cardiazol, depressa!

– Quero o meu homem ao pé de mim! – pediu a Silvana, com súbita energia.

– Mande-o entrar.

Chamado pela enfermeira, o Bernardo, hesitante, assomou à porta do quarto e aproximou-se do leito pé ante pé.

– Então?

– Escoo-me… É uma torneira aberta…

Num gesto gracioso, ainda feminino, estendeu a mão esquerda, que o marido timidamente segurou. A direita apertava já, crispadamente, a do médico.

Com dois homens assim presos a si, um de cada lado da cama, pareceu recobrar as forças. Um fulgor estranho iluminou-lhe os olhos.

– Vou morrer, Bernardo, e quero-te pedir perdão…

– Não tenho nada que te perdoar…

– Tens. Enganei-te muitas vezes…

– Ora, enganaste!

– Enganei.

– Deixa lá isso, agora…

– Ouve-me, embora te custe. Preciso de limpar a minha consciência antes de prestar contas a outro juiz…

—Sossega, sossega…

—Não merecias as traições que te fiz. Fui uma porca. Este filho nem sequer era teu…

Aterrado, o médico, com um gesto, mandou sair a enfermeira.

—A primeira vez que te faltei ao respeito foi com o Avelino. Logo no primeiro ano do nosso casamento. Apenas nasceu a pequena. Nem sei como aquilo começou… Perdoas-me?

—Perdoo.

—A segunda foi com o Guilhermino. Andei metida com ele seis meses certos. Perdoas-me?

—Estás perdoada.

—A terceira…

Arfava.

—Oxigénio, menina!

A ordem de comando bateu sem eco na cal das paredes. E o Dr. Daniel, num vislumbre de salvação, tentou libertar-se, a pretexto de ir chamar à porta. Mas a garra da moribunda manteve-o seguro no pelourinho.

—… Foi com o Lourenço. Vinha eu de Fermentões… Perdoas-me?

—Perdoo tudo.

O pingue-pingue do gota-a-gota ia medindo os segundos intermináveis. A palidez do rosto da agonizante era já cadavérica. As palavras saíam-lhe dos lábios quase ciciadas.

O médico, a suar em bica, com a mão livre apalpava-lhe o pulso. Em frente dele, o Bernardo parecia um fantasma.

—A quarta, a última… Mal eu futurava que havia de morrer por causa…

Como um condenado que enfrenta a hora final, o Dr. Daniel retesou a vontade.

A moribunda encarou-o durante alguns instantes, voltou a olhar o marido, e murmurou a custo:

– Foi com o…

Um nó de silêncio apertou-lhe a garganta. De olhos esbugalhados, ficou hirta, a fitar o tecto numa espécie de espanto alheado.

Num terror que não tinha o mesmo sinal em ambos, debruçaram-se os dois sobre o cadáver.

– Acabou-se-lhe o sofrimento… – murmurou o médico, exausto…

– Acabou… – respondeu o Bernardo, a rilhar a voz.

– Era preciso descer-lhe as pálpebras…

– Pois era. Mas eu não tenho coragem.

– Nem eu.

O Pé Tolo

Bravães tinha-o de reserva. Era o seu lado pragmático, a sua face deslavada e oportunista. Todos se riam dele, o escarneciam ou lhe ignoravam a existência, se vinha a talho de foice falar em brio e dignidade. Mas à hora menos pensada, na primeira apertadinha, numa destas aflições que tem qualquer povo que se preza, o instinto colectivo de conservação elegia-o por unanimidade padroeiro da honra do convento. E lá ia o pobre do Pé Tolo em missão de paz fingida ou de aparente submissão, conforme as necessidades.

As relações de Bravães com Soutelo, sede do concelho, desde tempos imemoriais que dançam na corda bamba. A vila não perdoa à aldeia o ar lavado que lhe dignifica a pobreza, a feira dos nove, sem comparação nas redondezas, a bela situação que desfruta no centro do município, e, sobretudo, a rebeldia que se estampa no rosto másculo dos seus filhos. Homens de timbre e landreiro, rijos de corpo e alma, ninguém se meta com eles se não está disposto a arriscar a vida. Ora como os de Soutelo são doutra natureza – pernósticos, troca-tintas e amigos de coser o semelhante agachados atrás do balcão das repartições –, nunca se entenderam. Daí o calvário dum convívio difícil e atormentado, que recorreu durante muitos anos à diplomacia irresponsável do Pé Tolo. Através dela, nem os de Bravães se sentiam diminuídos no reconhecimento da vassalagem obrigatória, nem os de Soutelo deixavam de receber o preito devido. E quando depois, em horas calmas, o caso era discutido, ambas as partes tiravam proveito da baixa qualidade da deputação. Uns afirmavam que no lugar não havia melhor; e os outros que, para quem era, bacalhau bastava.

O certo é que, bem ou mal, desde rapaz que o Pé Tolo ia salvando a situação, sempre economicamente e com êxito. Bastava embebedá-lo, meter-lhe uns tostões no bolso para manter por lá, à força de mais vinho, o fogareiro aceso, e recomendar-lhe que desse vivas à Patuleia a torto e a direito. Foi assim nas guerras entre progressistas e regeneradores, no Trinta e Um de Janeiro, na implantação da República e na própria inauguração do busto do Conselheiro Azevedo. Pena as vidas serem tão curtas e acabarem às vezes no pior momento.

Ninguém, fora de Trás-os-Montes, o sabe, mas declara-se já: Bravães tinha o seu quê de talassa. Razões? Bem, o rei passara por lá numa das suas visitas ao Norte, acenara muito com a mão, era loiro... Sem falar no exemplo do Senhor Nóbrega, o manda-chuva da povoação, que marrava como um toiro se via à frente o barrete frígio. Ora quando na Traulitânia aparece a tropa vinda não se sabe de onde, os comandantes se amesendam em casa do figurão, e a soldadesca, nos armazéns do mesmo, se põe a esvaziar os tonéis num regabofe universal, pareceu a todos que se tratava do Advento. E pronto: tocaram o sino a rebate, a mulher do Zebedeu largou pela veiga fora a gritar ao homem que viesse ver a monarquia, e foi o fim do mundo. Música e foguetes, dança desenfreada a noite inteira, e, às tantas, não se sabe dada por quem e posta por que mão, apareceu hasteada na coroa do negrilho a bandeira azul e branca.

No dia seguinte, o exército glorioso marcha sobre Mirandela, há combate, morrem alguns heróis, mas, finalmente, o país tinha a governá-lo a excelsa figura de Sua Majestade. Pelo menos assim o garantia a Isaura, fêmea do Senhor Nóbrega, a beber do fino na etiqueta dos tratamentos.

O pior é que de repente a coisa muda. A tropa fandanga é derrotada, e aí temos nós Bravães metida numa arriosca dos diabos. Içado no calor do entusiasmo, o bocado de pano ali ficou esquecido. Se alguém, pela calada da noite, tem a feliz ideia de o arriar, o caso talvez passasse despercebido. Mas ninguém se lembrou de tal, vem a reviravolta, e chega ordem de Soutelo para que o regedor apeasse imediatamente aquele símbolo de rebelião contra a ordem estabelecida, e o fosse entregar à sede da administração na quinta-feira próxima, dia em que se festejava na vila o regresso à normalidade constitucional, com sessão solene e discursos. Isto, enquanto não se procedia a um rigoroso inquérito que apurasse as responsabilidades.

Por azar, o regedor era precisamente o feitor do Senhor Nóbrega. E, claro, o ricaço travou-lhe a andadura.

– Tu não dás um passo. A bandeira está muito bem onde está. Eles que a venham buscar.

Foi quanto bastou para se armar a trovoada. De um lado, que sim, do outro, que não, o povo começa a tomar calor, e quem é que se atrevia a entrar em Bravães e subir ao negrilho? Armados de arcabuzes, sacholas, forquilhas e foices, os de lá guardavam a povoação como cães. A bandeira a drapejar na crista da árvore perdera toda a significação partidária, para ser um ponto de honra da resistência da terra à prepotência de Soutelo.

Intimidações da capital do distrito, ameaças de Lisboa, e nada. Uma tentativa da Guarda foi rechaçada a tiros, à pedrada e a estadulho. E, claro, o Governo ameaçou de bombardear a terra. Deu três dias de espera, os que falta-vam para a festança em Soutelo, e depois que ninguém se queixasse. Falsa ou verdadeira, a notícia circulou assim.

Protestos, imprecações, fanfarronadas, mas, à medida que as horas passavam, a bazófia começou a esmorecer. Numa reunião de emergência, convocada na véspera do prazo indicado, chegou-se à conclusão de que o mais sensato era acabar com a fantochada. Tirar o farrapo cá para baixo e mandá-lo entregar em Soutelo. Não valia a pena morrer por duas varas de linharéu.

Mas quem se prestava a ser o Egas Moniz da rendição?

O regedor, sempre preso à argola do Senhor Nóbrega, que via na humilhação do caseiro a sua própria, que não contassem com ele; o Lúcio, que batessem a outra porta; o Moura, idem, idem...

E aqui é que, mais uma vez, os préstimos do Pé Tolo acudiram à consciência de todos.

Simplesmente, o Pé Tolo, revelho e adoentado há muito, lembrara-se de dar a alma ao Criador precisa-mente naquela manhã. Depois da assembleia, ia o sacris-tão tocar a finados e o Silvério dar parte ao registo.

E foi nessa altura que o Anelhe teve uma inspiração.

– Suspendei lá isso. Fazei de conta que ele não morreu por enquanto.

– Essa agora!

– É que me veio uma ideia. Quem vai levar a bandeira sou eu.

– Tu?!... – e todos se espantaram daquela súbita abne-gação.

– É só dar um jeito à cara...

Ninguém percebeu.

Tanoeiro de seu ofício, o Anelhe era também come-diante nas horas vagas. Entremez, auto, drama, farsa ou estrelóquio que houvesse na terra, lá estava ele no pri-meiro papel. Capaz de mudar de semblante como quem muda de camisa, imitava um qualquer, que ninguém os distinguia.

– Faz lá de Fulano!

Dava meia volta, dava outra meia, e já estava. A mesma voz, o mesmo tique na cara, os mesmos ombros caídos, tudo chapadinho. Até parecia engordar de repente, se o caso o exigia. E foi ir a Soutelo na figura do Pé Tolo que se lhe meteu na cabeça.

– Faço de conta que sou ele, e está o caso arrumado.

– E se dão conta?

– Eles são burros. Deixai-me cá manobrar o barco.

Quando no dia seguinte o viram aparecer de perna lézara a abanar, de bigode caído sobre a beiçola e chapéu cabaneiro enterrado nas orelhas despegadas, nem queriam acreditar. Parecia o Pé Tolo ressuscitado.

Grandes admirações, muitos ainda duvidavam, mas os factos estavam à vista.

E o Anelhe, sem se descompor, mandou um neto subir ao negrilho, agarrou na bandeira endemoninhada, enrolou-a, desfraldou ao sol a verde e vermelha, deu um viva à República e largou.

Chegou a Soutelo pelo caminho velho, do seu vagar e no seu normal. Mas logo adiante da primeira casa da vila começou a dar ao pé. Subiu neste preparo as escadas da Câmara, entrou no salão nobre das sessões, alinhou ao lado dos representantes das freguesias, aclamou, bateu palmas, e, na hora própria, foi apertar a mão do presidente e entregar-lhe o testemunho da rendição.

Acostumados à presença daquele bonifrates em todos os grandes momentos da vida cívica da vila, os de Soutelo engoliram a pílula sem reparar no tamanho. Apenas o conservador do Registo Civil, mais papista do que o papa, se aproximou do Anelhe e o interpelou:

– Vocês não tinham em Bravães ninguém mais decente para mandar?

Resposta pronta do Anelhe:

– Não, senhor. Para estes serviços, sou sempre eu.

O outro meteu o rabo entre as pernas, e o plenipotenciário, acabada a funçanata, regressou consolado a casa.

– Pronto. Amanhã de manhã já se pode dar andamento ao defunto. Cuidado com o figurão dos assentos.

No outro dia, à entrada da repartição, o Silvério ainda sentiu tremer-lhe a passarinha. Mas, caramba, da firmeza com que se houvesse dependia o bom êxito de toda aquela comédia. E puxou pela coragem.

– António da Silva Osório, diz você? – estranhou o Dr. Acúrcio.

– Exactamente.

– Não era um a quem chamavam o Pé Tolo?

– Exactamente.

– Essa agora! Eu vi-o ontem na sessão! Até lhe falei.

– Pois viu, viu! Mas já lá está a dar contas a Deus.

– Como pode ser isso?! Parecia vender saúde…

– A vida é um engano… – filosofou o de Bravães.

– E então morreu de quê?

O Silvério lembrou-se do Anelhe, riu-se por dentro, e resolveu completar-lhe a obra. Pigarreou e respondeu com o ar mais safado que pôde arranjar:

– Olhe, de vergonha, coitado…

Colecção BIS
Obras publicadas

António Lobo Antunes, *Os Cus de Judas*
Almeida Faria, *A Paixão*
José Eduardo Agualusa, *A Conjura*
Mia Couto, *Terra Sonâmbula*
Manuel Alegre, *Alma*
Chico Buarque, *Budapeste*
Marguerite Yourcenar, *A Salvação de Wang-Fô,
e outros contos orientais*
Wilhelm Reich, *Escuta, Zé Ninguém!*
João Aguiar, *Inês de Portugal*
Camilo Castelo Branco, *Amor de Perdição*
Padre António Vieira, *Sermões*
Miguel Torga, *Bichos*
Miguel Torga, *Novos Contos da Montanha*
Lev Tolstoi, *A Morte de Ivan Ilitch*
Alphonse Daudet, *Sapho*
José Saramago, *As Intermitências da Morte*
Lídia Jorge, *O Vale da Paixão*
Pepetela, *A Montanha da Água Lilás*
Ondjaki, *Os da Minha Rua*
Edgar Allan Poe, *Histórias Extraordinárias*
António Nobre, *Só*
Mário Cláudio, *Amadeo*

Jorge Luis Borges, *História Universal da Infâmia*
Manuel da Fonseca, *Aldeia Nova*
Lewis Carrol, *Alice no País das Maravilhas*
Florbela Espanca, *Contos e Diário*
Jorge Amado, *Capitães da Areia*
Germano Almeida, *O Testamento do Sr. Napumoceno
    da Silva Araújo*
José Gomes Ferreira, *Aventuras de João sem Medo*
Mário de Sá-Carneiro, *A Confissão de Lúcio*
Cardoso Pires, *O Anjo Ancorado*
Inês Pedrosa, *Nas Tuas Mãos*
Mário de Carvalho, *A Inaudita Guerra da Avenida
    Gago Coutinho*
Rodrigo Guedes de Carvalho, *Daqui a nada*
Daniel Defoe, *As Aventuras de Robinson Crusoe*
Raul Brandão, *A Morte do Palhaço e o Mistério
    da Árvore*
Conan Doyle, *Aventuras de Sherlock Holmes*
Mary Shelly, *Frankenstein*
Franz Kafka, *O Processo*
Adolfo Coelho, *Contos Populares Portugueses*
Alves Redol, *Gaibéus*
Vinicius de Moraes, *O Operário em Construção*
Helena Marques, *O Último Cais*
Eça de Queirós, *A Cidade e as Serras*
Truman Capote, *Travessia de Verão*
Isabel do Carmo, *Saber Emagrecer*
Antonia Fraser, *Maria Antonieta*
Rita Ferro, *Não me contes o fim*
Christopher Moore, *O Anjo mais Estúpido*
Joanne Harris, *Danças & Contradanças*
Laurentino Gomes, *1808*
John Le Carré, *A Casa da Rússia*
David Servan-Schreiber, *Curar o stress, a ansiedade
    e a depressão sem medicamentos nem psicanálise*

Anthony Capella, *Receitas de Amor*
Cardoso Pires, *De Profundis Valsa Lenta*
Carlo Collodi, *As Aventuras de Pinóquio*
Charles Dickens, *O Cântico de Natal*
Gabriel Garcia Marquez, *Memórias das minhas putas tristes*